改變你生命和工作的全新寫作和思維方式

探索式寫作

Exploratory Writing

EVERYDAY MAGIC FOR LIFE AND WORK

Alison Jones

艾莉森・瓊斯 著

吳宗璘 譯

媒體名人盛讚

這是簡單但深刻的問題：如果我們看到空白紙頁，把它當成了探索靈感，而不是純粹表達的空間呢？只要是有寫作習慣的人都知道寫作是思考的強大工具，大家都可以在本書接觸到那一種魔法，隨時都不成問題。趕快看——而且要準備做筆記！

——丹尼爾·平克，《紐約時報》暢銷書排行榜冠軍
《後悔的力量》、《動機，單純的力量：把工作做得像投入嗜好一樣有最單純的動機，才有最棒的表現》、
《未來在等待的人才》作者

艾莉森·瓊斯向大家披露了某個近乎等於魔法的認知秘密：透過容易實踐、具有豐富價值的探索式寫作，我們的思維可以變得更清晰，更加順暢。

——羅伯特·席爾迪尼，《影響力：讓人乖乖聽話的說服術》
以及《鋪梗力：影響力教父最新研究與技術，
在開口前就說服對方》作者

這不僅是一本有關寫作的精采傑作；也是拓展我們思考與創造方式的綜合性工具組。本書充滿了各式各樣令人大受啟

發、人人都能夠學習的智慧，從寫作入門者到老練的作者都是如此。這是文字工作者的手冊，了不起。

——強納森・麥可唐納德，
改變專家、演說家、《Powered by Change》作者

能夠遇到讓你的思維方式變得大不相同的人，實屬罕見，艾莉森就是其中之一，她的主旨效果強大卓著。《探索式寫作》提供了激發創意的策略、工具，以及魔法。

——克里斯・葛里菲斯，
暢銷書《The Creative Thinking Handbook》作者

艾莉森・瓊斯的《探索式寫作》是茫茫書海之中的珍寶，以生動有趣的方式幫助讀者了解為什麼寫作是一種獲益良多的活動，特別在這種變化迅速又令人不安的複雜時代。瓊斯除了細述手寫（是的，靠紙筆）技巧的價值與好處之外，也以最可行與實用的方式闡述為什麼、要如何固定利用短時間進行寫作。《探索式寫作》不僅有利事業，而且也有益心靈。

——敏特爾・迪亞爾，獲獎作家、電影人、國際專業演說家

這部精采作品注入了同等分量的科學研究、獨特訣竅，以及幽默感，邀請我們深入自我私密世界，能夠讓我們的外在發生更美好的變化。

——莫莉・貝克，Messy.fm 執行長，《Reach Out》作者

以探索式寫作當成某種思考各種議題、並且採取行動的全新方式，艾莉森・瓊斯做出了絕佳示範。我自己才剛剛利用了她的某一項實用的練習、幫助我克服了寫作障礙，精采又受益無窮。

——湯姆・舒勒，《The Paula Principle》作者

一張白紙，令人恐懼不已。它通常會激發的是責任感，而不是喜悅，難怪學生們會說「我必須寫完論文」，而不是「我迫不及待想要完成論文」。這也正是客人會說「我必須要寫下這封感謝信」，以及專業人士會說「我必須要想辦法在期限之前完成」的原因。畢竟，文字工作者的障礙其實只不過是被一張從未使用過的A4紙所觸發的心靈麻痹形式而已。

艾莉森・瓊斯完全顛覆了一切。在《探索式寫作》當中，她把白紙當成了營造創意腎上腺素噴發的大好機會，開啟想像之門的方式。我不是百分百認同（如果真是這樣，那這就成了一本枯燥至極的書，對嗎？）全部內容，但我大部分都很贊同：而且書中的一切都深具啟發性、令人耳目一新、充滿原創性。

——羅傑・馬維蒂，《Life's a Pitch》以及
《How to Steal Fire》作者

勵志人士寫出的勵志之書，充滿了智慧與實用建議。這本書不只是會讓你在職場更具有自信，更加篤定，也能讓你在生活中更具有自信，更加篤定。艾莉讓我們看到了在成長、學習、尋求自我人生道路的過程之中，寫作這種關鍵手段的重要性。

——查理・科貝特《The Art of Plain Speaking》以及
《十二隻鳥兒，治癒你：大自然的幸福課堂》作者

這本書將會成為我日後定期參考的案頭書。艾莉森精采闡述探索式寫作，而且，更重要的是，書中蘊含了豐富的實用又充滿創意的操作方法。無論你是這種寫作領域的新手，或者只是想要獲取一些新鮮的概念與靈感，本書都很適用。解釋清晰，練習有趣又深入，強力大推！

——菲麗希緹・德懷爾，《Crafting Connection》作者

許多人都覺得自己會寫出一本書，但是卻一直沒有真正動筆。這種充滿興味的方式，將會讓每一個人發現為樂趣而進行自由寫作的喜悅，也有可能讓你真的動筆寫出那本書。

——哈列葉特・克爾薩爾，哈列葉特・克爾薩爾訂製珠寶創辦人與主席，英國金銀製品純度檢驗委員會與財產智慧局非執行董事，獲獎書籍《The Creative's Guide to Starting a Business》作者

這是一本能夠產生賦能效應、讓你大受鼓舞的作品。探索式寫作是艾莉森精心雕琢、讓大家都可以觸手可及的技巧，對於每一個想要強化思維能力、得到最佳工作表現的人來說，絕對是完美之作。

——茱莉亞．皮姆斯勒，「年收入百萬美金女性」機構創辦人，《Million Dollar Women》以及《Go Big Now》作者

我超愛這本書的概念，因為它完全道出真相——把內容寫下來，的確可以幫助我們的思考變得更加敏銳。

——瑞秋．布里奇，曾任《星期泰晤士報》企業版編輯，共有八本著作，包括了《How to Start a Business without Any Money》、《Ambition》，以及《Already Brilliant》。

總算，探討「因分析而造成麻痺」、並提供實用途徑著手之道，而且以充滿信服力的理論對抗「但萬一」反對聲浪的作品終於問世！瓊斯把白紙當成了機會，而不是文字工作者的障礙，她側重的是思考歷程、你的思維可能會以什麼方式箝制你、還有，它是如何剝奪了你可能開始展開行動的各種理由。我所有的學生——還有每一個有拖延症的人——都該要準備好紙筆、好好研究的作品！

——奧黛麗．唐，合格認證心理學家與《The Leader's Guide to Mindfulness》作者

這是一本能夠帶來賦能效果又鼓舞人心的作品：如此簡單的概念，但是影響力卻無與倫比。我們經常發現自己過度反應，而不是做出適切反應，因為對於他人的反應不明就理或是感到困惑而受傷。花時間探索安全空間表象之下到底發生了什麼狀況，很可能會改善一切。

——愛麗絲．薛爾頓，《Needs Understanding》網站創辦人，
《Why Weren't We Taught This at School》作者

邀請你與寫作建立更富創意、更有趣的關係，這實在很難令人抗拒。我們經常花時間消化其他人的內容——而這本書提醒了我們，如果我們只要抽出一點時間與空間，我們也能夠成為創作者，既有賦能效果又好看的作品。

——尤里．布拉姆，《The Browser》網站執行長與
《Thinking Statistically》作者

本書充滿了想像力與詼諧，彙整出一套運用寫作、更加了解自我的實用工具組。只要你陷入迷惘，《探索式寫作》一定可以讓你成為自我人生的專家——幫助你找出生活與工作日常挑戰的解答。

——梅根．C．海耶斯，心理學家，《The Joy of Writing
Things Down》與《Write Yourself Happy》作者

我們經常發現，最有效的創意其實是最簡單的那一個。艾莉森．瓊斯提醒了我們，當我們需要安全空間表達自我與探索創意的時候，白紙具有取之不竭用之不盡的潛力，它永遠不會對你進行任何批判。這是令人耳目一新之作，但它的好處不僅於此，還可能改善讀者的生活與職涯。

——葛瑞格．麥基昂，《紐約時報》暢銷書《少，但是更好》
以及《努力，但不費力：只做最重要的事，
其實沒有你想的那麼難》作者

艾莉森．瓊斯以充滿智慧與溫暖的方式，向讀者展現了該如何釋放探索式寫作扭轉一生的魔法。乍看之下，它是一本關於創造力、建立寫作習慣的簡單美好之書：而等到你看完之後，你可能會發現它的真正使命是改變你看待自我、自己的工作，以及這個世界的方式。

——A．崔佛．施洛爾，博士，
《The 12-Week Year for Writers》作者

好讀又讓人看得津津有味，本書是令人振奮的探索過程，關於寫作如何能夠提供我們一個安全的空間、讓我們可以徹底思索自我創意、解決焦慮、在紙頁真正發揮創意。的確，它是日常魔法，而且也是珍貴的提醒，我們可以為自己盡情寫作，就像是為了我們的讀者一樣。

——凱西．瑞森布克，《愛的最後一幕》與
《Write It All Down》作者

大家都說除非你能夠透徹了解某項事物，否則無法向別人解釋清楚。不過，萬一你連對自己都說不清楚呢？艾莉森在本書所寫出的內容，可以讓每一個人得到向自我解釋所有概念的強大力量——就連是全新的創意也不成問題。簡單，但卻光芒萬丈的超強力道。

——湯姆・契斯萊特，應用未來學家，《High Frequency Change》以及《Future-proof Your Business》作者

有許多人都發現，當我們面對挑戰的時候，寫下我們的思緒，對於舒緩心情與釐清概念相當有幫助——在這本書當中，艾莉森・瓊斯以精采手法展示了探索式寫作技巧的威力與可及性、可以成為我們日常生活中的一部分。憑藉著實用的指引與暖心鼓勵，她向我們展示了獲致更好成果、更佳感受、更順利生活的無限靈活之有效工具，內容精采無比。

——卡洛琳・韋伯，《好日子革新手冊：充分利用行為科學的力量，把雨天變晴天，週一症候群退散》作者

這本書看起來很簡單：精煉、好讀，但是裡面所蘊含的概念卻有可能會扭轉你的一生。我們這些文字工作者一直都知道它可以拿來溝通，同樣也能夠作為思考之用。現在，艾莉森公布了這個秘密，而且讓每一個人都可以拿來使用，不論是否把自己視為作家都不成問題。趕快看，一定會得到莫大鼓舞！

——羅賓・惠特，商管顧問，《Take Your Shot》與《Online Business Startup》作者

當你遇到不確定狀況的時候——我們大多數人、在絕大多數的時候都會遇到這種情境——寫作很可能會成為理解與個人成長的一大利器。艾莉森・瓊斯在這本書當中讓我們看到了要如何抓住白紙的改變一生的力量！

——多利・克拉克，《華爾街日報》暢銷書《長線思維：杜克商學院教授教你，如何在短視的世界成為長遠思考者》作者，杜克大學福夸商學院高階主管課程教師

艾莉森的作品一直是啟發與靈感的來源——這一本也不例外。

——山姆・康尼夫・艾言德，《Be More Pirate》作者

如此簡單，但效果也如此強大。拿起你的筆，在這本書的相伴之下，準備開始進行探索式寫作的冒險。

——安妮・傑恩澤，《The Writer's Process》作者

實用之書，而且包含了深刻啟示，如果我們想要在充滿壓力與焦慮的世界之中——過得有意義又順遂——不只是勉強撐下去而已，那麼，最簡單的實踐之道，通常就是最重要的關鍵。

——賽門・亞歷山大・歐恩，《Energize》作者

當我還在當記者的時候，曾經運用寫作當成了測試概念、將它們置入某項連貫模式的方法。艾莉森・瓊斯以熱情洋溢又懇切的態度，詳細描繪了這種「探索式寫作」，本書具有深度又文筆優美，大推！

——約翰・郝金斯，《Invisible Work》作者

對於所有的文字工作者來說，本書都具有深遠影響。不要再害怕白紙，就從探索式寫作簡單練習開始吧，它能夠轉化你一生，無論是文字世界之內還是之外都一樣。書中充滿了實用技巧——作者分享的態度熱情洋溢又十分嚴謹——是深化關鍵思維的完美良伴。艾莉森・瓊斯將會帶引你前進出乎意外的人生方向。

——貝克・伊文斯，《Written》與
《How to Have a Happy Hustle》作者

艾莉森・瓊斯的作品讓我大受感動，《探索式寫作》讓我重新思考寫作在我生命中所扮演的角色——真的效果驚人。

——布魯斯・戴斯理，《The Joy of Work》與《Fortitude》作者

這真的是一本讓人大呼過癮又振奮人心的讀物。字裡行間充滿活力，動人小故事、興味十足的參考資料俯拾皆是，而且書中到處都是實用工具。我經常發現，談論某個主題，能夠深

化我對於自身真正思考與感受的了解；而在寫作的過程當中，《探索式寫作》也發揮了同樣的效果。這本書的探討主題是寫作可以成為眾人的「魔法」，令人耳目一新，也讓人感同身受。傑出，出於傑出艾莉森．瓊斯之手，自然不難想像。

——莉塔．可里夫頓，大英帝國勳章得主，個大機構主席，講者，《Love Your Imposter》作者

《探索式寫作》向我們揭示只要毫不起眼的筆記本與筆，通常就能夠讓我們更加了解我們的複雜大腦、我們的工作，以及介於這兩者之間的一切。本書明晰，充滿智慧，為我的寫作帶來了全新與活力十足的冒險感。艾莉森，謝謝妳，表現真是精采！

——葛拉海姆．阿爾寇特，《How to be a Productivity Ninja》以及《Work Fuel》作者

對於文壇新興作家的健康提醒：這本書將會讓你日後編不出任何藉口。

——安迪．寇普，《The Art of Being Brilliant》作者

獻給我的探索家同伴們：

喬治，教導我有關旅程的一切，

索達荷，我的微型冒險夥伴，

還有凱瑟琳與芬利，我最美妙驚喜的兩段探險歷程。

目錄

第二部　紙上的脫軌冒險

前言

探索問題，找出你的答案。艾莉森・瓊斯向我們仔細說明與示範該如何靠探索式寫作進行試驗。她以平易近人的方式，提供了基本背景，要如何著手，以及許多持續前進的誘人方式。探索式寫作只需要我們平日工作的例常用品而已：鉛筆和紙，也許加上一台電腦，而且幾乎不花什麼時間：有時候只需要六分鐘而已。這是一種貌似簡單的過程：畢竟，我們從小時候就開始寫作和閱讀。就是這麼直接，然而卻獲益良多。

以這種方式進行個人私密寫作，可以啟發我們的生活與工作，也能夠讓它們得到大幅進展，方法就是靠著拓展策略、開發我們領悟力與記憶碰觸不到的隱藏部位。這種過程可以帶給我們智慧：會令人大吃一驚、改變一生的智慧。只要我們開始探索這個更加寬闊又深入的世界，我們就會發現自己錯過了多少的珍寶。這就好比像是我們一直窩在走廊生活與工作，根本沒有發覺兩側都有門窗。除此之外，寫作讓我們得以打開百葉窗，鬆脫扣鉤，探身出去，四處查看、嗅聞、聆聽、觸摸，以及品嘗冒險的滋味。我們可以從那些窗戶爬出去，寫作可以送給我們開門的鑰匙：探索另一邊究竟是什麼模樣。

不論在什麼時候，都可以進行探索式寫作，而且，這很可能是你最好的免費顧問。艾莉森告訴我們，「優秀顧問的主要功能並不是提供答案，而是要幫助你提出重要問題、讓你可以更加了解某一議題，進而創造出自己的解方。」在我們的私人寫作顧問的幫助之下，我們永遠能夠得到支持與引導、培養自我策略創造這些解方。當然，這些解方本身會引發更多的問題與探索，以及更具有動態可能性的潛在方案。各位的同事和客戶們，將會發現他們自己與你一起進入了全新領域。

艾莉森也提醒了我們，「成功人士會提出更好的問題。」成功者樂於學習承擔責任，提出更為犀利的疑問，他們樂於質疑自我，深切自問動機與價值。對於那些沒那麼成功的人來說，這種過程可能會引發心理層次的風險。不過，最優秀顧問們會告訴你：這是找出更佳解決方案的唯一方法，最優秀顧問們會協助我們嚴格要求自我。

探索式寫作可以讓我們看到在我們生活當中、迄今依然無法探究的那些議題之底層、周圍、上方，以及之外的區域。我們可以靠著理解他人觀點的方式、獲取智慧與清晰思緒；省思我們過往誤解之假設化為事實；將怒氣之類的負面情緒轉型為具有建設性的能量；以及學習該如何以更全面的態度、依據我們的價值觀過生活。憑藉著分析自身問題的寫作方式，產生探索我們工作之根基、轉化我們生活的力量。

吉莉・波爾頓博士，《Reflective Practice: Writing and Professional Development》作者

簡介

回想一下你上次的旅行，到底蘊含了多少真正的探險成分？

對於我們絕大多數人來說，在絕大多數的時候，我們幾乎不太可能會從事極地探險。我們通勤工作、上下學、拜訪親友、偶爾——根本算不上經常——在導遊與衛星導航的襄助之下，探訪全新的地點度假。

我們的世界似乎已經完全化為精準的地圖，反正就是幾乎沒有任何探索的空間以及時間。不過，有時候我們會發現自己在既定範圍內進行探索、並非只是單純的穿越而已。當我每天跑步之際，都會在找尋新路徑的時候得到莫大樂趣，選擇小徑，只是為了想要看看它們終點的模樣，一路上找尋驚喜事物（孔雀園、在蔓生雜草之中的雕像、轉為世俗用途的教會……），看到各種路線如何匯聚與交錯、找尋新方式到達熟悉之地，同樣也令人著迷不已。

當然，能夠揹著背包在安地斯山脈旅行當然很棒，不過，在絕大多數的日子當中，這無法成為選項；但這並不表示我不能每天來一場微冒險。

這個道理也同樣適用於心靈冒險。我喜歡創意不斷激盪的研討會與凝聚團隊策略的員工旅遊，不過，大多數的日子，我只能前往辦公室報到上班。

這本書的重點是要為日常生活與工作建立某種探索心態，只要每天抽出幾分鐘的時間，就可以讓你成為探索家，不只是討生活的人而已。

為什麼？好，有三大理由。

一、趣味十足，這是很棒的起點。

二、我們生活在變遷如此快速的世界之中，要是以其他心態面對它，將會產生風險。

三、我們具有忽視眼前事物、只看到我們想看到之一切的天生傾向。也就是說，在最佳狀況之下，我們這種反應通常沒有任何幫助；而遇到最壞狀況的時候，它會傷害我們自己與他人。同時，它也意味著我們錯失了每日，甚至是每個小時出現的大好良機與創見。

當我們探索某個陌生地點的時候，我們通常會參加由別人主導的探險活動——我第一次探索澳洲內地的時候就是如此，而且樂趣無窮。依照這個方式，當我們開始進行認知探險的時候——創意思考、解決問題、情商練習、許下願景之類的活動——通常也會有幫忙與引導的專家相伴。

這樣當然很好……等到他們離開、只剩下你獨自想辦法的時候，就不是這麼回事了。

我要告訴各位一個好消息，要是你培養出正確的心態，掌握幾項技巧就不成問題，比方說，探索式寫作，各位將會在本書中發現的那一種寫作方式，每當你想要進入大膽思考、研討、發揮創意領域的時候，它就可以助你一臂之力，甚至在某些時候，你明明不需要，但是它卻會自己來報到。

就某種程度而言，探索式寫作習慣是你先前學習過、或是日後會學到的所有自我發展工具的補充品。探索式寫作的課程可以讓你立刻建立自己的研討室——甚至靜修中心——只要有需要，隨時隨地都不成問題。

我是怎麼發現了探索式寫作（或是它怎麼發現了我）

在我們繼續進行下去之前，且先讓我告訴各位，我自己是怎麼發現了探索式寫作的不凡力量，一切純屬意外[①]。

我離開公司、自行創業沒多久之後的某個夜晚，現金流看起來相當岌岌可危，我在深夜時分驚醒，冒出一身冷汗。在凌晨三點鐘，某種宛若準備要壓垮人生的現金流挑戰。我的心臟狂跳；喉嚨緊繃；覺得頭暈目眩，全身燥熱濕黏。要是我當時還能夠有任何理性思維，那就只有這一個念頭，「我到底做了什麼？」

在這種講不出話的恐慌狀態之下，當然不可能不採取任何行動，所以我想到什麼就直接動手：我隨手抓了一張A4白紙，開始寫東西——怒氣衝衝的胡言亂語——發洩在紙面的大吼大叫。

不過，當我寫下對自己體內的觀察、恐慌到底是什麼感覺、出現在什麼地方的時候，我一邊寫，一邊發現自己的狀態出現變化——思緒減緩，與我寫字的速度一致，吐納變得穩定，我開始覺得自己的精神更專注，而且也更為平靜。

老實說，光是這樣就夠了。

而當我在寫字的時候，出現了更驚奇的事：我有了某個念頭。我發現自己在寫的是「我想知道要是……」後，過了幾分鐘之後，我已經想出了相當完整的全新解決方案，過了兩、三個禮拜之後，我付諸行動，幫助我解決了現金流的難題。

不過就是比五分鐘多一點的時間，那一份粗糙凌亂的文字逆轉了我的焦慮，反而讓我找到了自己的資源與智慧。現在我要問的是：「到底發生了什麼事？」

當時所發生的一切，就是我自己發掘了探索式寫作的力量——純粹為我自己寫作，而不是為了任何人，在連自己都不知道想表達什麼的時候寫下字句。一開始的時候，就只是把自己的想法寫在紙面，不過，在這樣的過程當中，它打開了我之前不曾發現的概念與智慧，幫我釐清困惑，以更具效率的方式協助我面對問題。

在接下來的那幾個禮拜，我開始進行實驗，每當我對於某件事感到猶疑不定或是焦慮的時候，我就會坐下來、以這種方式寫東西，真的奏效，每一次都如此。我覺得我彷彿發現了霍格華茲的「萬應室」——只要我有需要，它永遠在那裡。裡面充滿了你在當下所需要的一切，但是大多數的人並不知道有這個地方。

不過，就像是哈利波特發現「萬應室」的過程一樣，只因為對我個人來說很新奇，並不表示我就是第一個發現者。背景五花八門的各方人士都早已意外踏入這個領域，而且寫下了有關它的一切：創意寫作的老師、治療師、心理學家、學習專家等等，不過，商管界人士卻相當，相當少見。

本書的目的就是要導正這一點。如果你是某間企業的領導人，或者，坦白說，只要是必須面對當代職場生活的每一個人，探索式寫作都是最靈活、最不費吹灰之力的隨身工具之一，可以讓你進行意義建構、發揮創意、團體合作、處理壓力與崩潰，以及更有效的溝通。

在這本書當中，我刻意把焦點放在日常生活與工作：要是你想要學習如何運用寫作面對創傷或是心理疾病，在參考書目當中列有由更具資格專家所撰寫的諸多書籍，將能夠助你一臂之力。

不過，要是你奮戰的對象是日常挫敗——那麼你就來對地方了。我希望你也能夠發掘空白紙頁帶來的自由與各種可能性，落筆寫下某個你根本不知道會如何結尾的句子所產生的興奮感，還有，因為沒有人在看、愛寫什麼就寫什麼的顛覆性創意快感。

自從我第一次自己發現到探索式寫作的威力之後，我就開始發展出一套附有提示與工具、更為明確的方法體系，所以教導他人的時候就變得更容易了，不過，基本上這是一種越野式、不靠任何電力的冒險：你要怎麼「完成」探索式寫作，決定權在你自己身上。實驗，看看會產生什麼效果，玩得開心。在現代生活當中，可以撕爛指導手冊的機會實屬難得，所以——你就別客氣了。

記得當初哈利波特是在「萬應室」裡面教導同學修習面臨威脅時的必要先進巫術——而你的魔杖有可能是一枝HB 鉛筆或便宜原子筆，不過，它的功能毫不遜色。它可以召喚我們人類面臨現代某些最複雜難題的解方：比方說崩潰、注意力渙散、一方面是自我懷疑而另一方面卻是莫名其妙的自信；對他人與自我缺乏同理心；無法理解別人的觀點或是另類的情境詮釋。

這樣的主張很慎重，在接下來的篇幅當中，我會竭盡全力詳述論據。

不過，老實說，要是你現在直接闔上這本書，因為你已經明瞭在根本不知道自己想說什麼的狀況下直接動筆、是探索

「全新事物」的美好方式，而且開始在自己的日常生活中善加運用，身為作者的我會相當開心。

（但千萬別這麼做，接下來會有相當精采的內容。）

且讓我們更加仔細觀察這個日常魔法。人類在過往如何運用它？它如何發揮效果？你要如何靠它讓生活與職場更加得意？

讓我們一起展開探索吧！

第一部

挖掘探索式寫作

首先，就讓我們先從概述領域之形貌開始：

第一章：「重新發掘」紙頁是什麼意思？

第二章：它背後的科學原理是什麼——你為什麼需要親身一試？

第三章：如果你已經知道要如何寫作，那麼成為紙上探險家是什麼意思？

最後，第四章探討的是遇到工作危機情境的時候，為什麼這一切都至關重要。

第 1 章

(重新)發掘紙頁

艾莉森,這不是什麼創新概念吧?我已經寫了好多年了……

如果你在商界,那麼你很可能經常在寫東西。你寫電郵、廣告文案、報告、執行摘要、部落格貼文、營運文件、備忘錄等等。而每當你在進行書寫的時候,你都在想辦法通知,以及/或是影響你的讀者,其實,你是在表演。

我現在希望能夠讓你在這裡以截然不同的方式看待寫作。它不是某種在大庭廣眾之下的表演空間，我希望你可以把這張空白的紙當成未知領域，把它當成探索你**不知道**事物的機會，而不是單純表達你**已知**的事物。

回想當年我在二〇一六年創設播客「卓越商管書籍俱樂部」（The Extraordinary Business Book Club）的時候，我的目標是要揭開商管寫作過程的面紗（老實說，這同時是為我自己與聽眾一起謀福利）。自此之後，我訪問了數百位成功作家，當然，他們對於該如何寫出好書，給予我諸多超級實用的秘訣，同時也包括了該如何行銷與善加利用這些作品。不過，我很快就發現了我之前萬萬沒注意到的重點：幾乎每一個人都提到了其實他們寫作的主要目的不是為了溝通，而是要幫助自我思考。

前微軟展望長戴夫・科普林是這麼說的，「當你努力想要創造些什麼，當你努力想要改變些什麼，當你努力想要對某件事物產生不一樣的思維，對我來說，寫下來就是釐清的方法……最後，你會得到相當清晰準確的思維，它具有可行性，能夠推展一切。」①

多次進入《紐約時報》暢銷書排行榜的丹尼爾・平克，也說出了相同的話，「寫作是一種釐清的形式。其實，對我來說，有時候這是一種必要動作，這麼說吧，『你覺得這怎麼樣？』『我不知道，我還沒有寫下來啊。』」②

還有，作家與寫作顧問凱西・瑞森布克的詮釋如下，「寫作提供了一種空間，可以讓你好好花時間想清楚自身的思維與感覺，然後就會迫不及待或是覺得一定要與別人分享。」③

某些作者發揮得更淋漓盡致：他們告訴我，他們寫東西不只是為了要釐清思緒，而是要進一步逆流而上，踏入語前思緒之幽暗地帶——印象、悸動，以及創意。

顧問兼作家麥可・尼爾的說法應該最富有詩意，「（寫作）逼我要對無形之物賦予形體……它叫我要隨著音樂填詞，於是就有了一首歌……我可以享受它，將其化為文字之後，我就可以看到它，然後我想要盡快忘卻那些字詞，回到享受的過程，在我還沒有寫下來的時候，感動反而豐富多了。」④

所以，顯然許多作者都把寫作過程的重點放在思索，就像是溝通一樣，甚至比溝通更重要。

不過，他們的觀點是對的嗎？——當我們的大腦在進行探索式寫作的時候，發生了什麼變化？

現在，就讓我們好好研究一下這套魔法的基礎科學原理。

第 2 章

魔法背後的科學原理

為了要明瞭探索式寫作是否值得你付出時間與心力——還有它奏效的成因——如果你願意的話，我們必須要稍微討論一下神經科學。要是我們能夠更加了解我們大腦的運作方式，那就更容易明瞭我們要如何運用探索式寫作維持那些有益的天生傾向，以及緩解那些助益不大的天性。

我認為探索式寫作之所以能夠發揮強大效果、讓我們的生活與工作更加順遂，一共有四大關鍵神經科學特質：

- 它可以充當某種**外接硬碟**，拓展我們的腦容量，但是卻不會造成我們分心，能夠持續專注工作重點。
- 它可以讓我們**統整與規範**我們大腦的不同反應區域。
- 它可以讓我們探索**直覺式詮釋**的現象，這是我們大腦的某種獨特習性，意味提問能夠產生驚人成效。
- 它讓我們得以在建構意義的時候——釋放自己大腦的秘密武器——**說故事**。

外接硬碟

寫作神經科學基礎的這一個面向，至為重要，因為這正是它存在的根本原因：基本上，寫作的最初形式就等於是擴充大腦容量的外接硬碟。我們的大腦，或者，如果你喜歡的話，可以稱之為「濕體」，是複雜度驚人的系統，它們充滿彈性與創意，遠比當今能夠發明的科技更加先進，不過，它們也的確有其侷限。它們的儲存容量有限（各方看法不一，但根據研究顯示，我們的工作記憶體通常僅能儲存三至五個項目，請參考[1]），而且每個人狀況不同，當然，它們也很脆弱，隨時會受損、退化，以及死亡。

語言，特別是寫作，就是讓人類能夠克服這些侷限、讓我們得以成為世界主宰者的要素。當我們挖掘出寫下東西，就能夠超越自我大腦限制的過程之後，我們就能夠操作複雜的機械運行，創造法律體系，以親族層次之外的方式自我組織、協調活動，比方說建造城市與進行國際貿易，當然也包括了發動戰爭。

不過，誠如哈拉瑞在《人類大歷史：從野獸到扮演上帝》一書中所強調的一樣，等到你一開始累積文字資訊，馬上就需要培養管理之道。要是沒有一套能夠讓你在需要之際、重新找到檔案的檢索系統——目錄、索引、檔案——那麼它就等於根本不存在一樣。

我們大腦的碳基生物檢索系統並不是國會圖書館的原型，裡面亂七八糟，哈拉瑞給了一個讓大家都能感同身受的精采範例：

> 在大腦裡，所有資料都是以自由奔放的方式互聯互通。當我與配偶為了新家簽房貸的時候，我想起了我們同居的第一個地方，然後，這讓我聯想到我們的紐奧良蜜月，接下來，讓我聯想到鱷魚，然後是龍，其後是《尼伯龍根的指環》，突然之間，在我還沒會意過來的時候，我已經開始對一臉困惑的銀行員哼唱《齊格飛》的主旋律。在形式主義之中，一切都必須

> 要分開保管，第一個抽屜放房貸文件，第二個放結婚證書，第三個是報稅資料，第四個是訴訟文件。如果不是這樣，你哪可能找得到任何資料？②

這樣的形式主義，雖然是面對外部大腦時的必要運作機能，不過，在所難免，它也形塑了我們在紙上的思考模式。因為我們習慣以讓別人能夠了解的方式進行寫作，自然而然就會依照我們特殊文化所認可的形式化規則予以執行。我們緊扣主題不放，我們會以標題、副標以及有助連結關係的片語——比方說「顯見……」或是「然而……」——標示我們的論點。而且我們會習慣性暫停、確認自己依然言之成理，我們的讀者還知道我們在講什麼。萬一有什麼誘人的岔路出現，我們通常會很抗拒——因為這樣一來只會造成混淆。

我們的顱骨塑造了一條分隔線。裡面是熱騰騰、自由連結的混沌狀態；而至於外在，當我們準備向他人展示自我思緒的時候，我們就會把一切分類整理妥當、建立具有邏輯之關聯性。

探索式寫作提供了這兩大區塊之間的迷人界面，可以讓我們把通常藏在腦中的那種無形無相的隱形認知無政府狀態丟出來，進入我們可以仔細檢視的安全私人空間，那是一種介於語前層次，以及與他人之最終溝通的寶貴中繼站。

現在，讓我們把形式主義的隱喻拉到極限，探索式寫作是

「無意識地帶收發室」隨機送入的「待處理收件盒」，準備要由「理性部門職員」過來整理排序。

（不過，這種待處理收件盒比較像是某種「培養皿」：在等待處理之際，這些思緒茁壯，或者以全新有趣的方式結合在一起。而有時候的結果卻是太殘弱無法生存，立刻就死亡，這樣也沒關係。）

你可能會問，我們不是已經有許多解決這問題的現代方式嗎？我們有許許多多的外在儲存方式與檢索體系可以支援我們的大腦，這一切都遠比老派的待處理收件盒厲害多了。如今幾乎每一個人都會運用科技增強自己的認知能力：我們會使用線上行事曆、待辦事項清單

搜尋工具、聰明的輔助工具安排我們的日常生活；我們仰賴搜尋工具，而不是靠記憶取得資訊；而且我們會運用複雜的非同步工具與他人進行溝通與合作。

千真萬確。而且研發了這些科技工具，就是為了要支援我們的思考與心理過程，寫作儼然已經成了數千年之前的事了。

螢幕與紙張的差別，在於前者已經開始跟我們作對。我們的耀眼嶄新科技工具對我們所造成的破壞，與它們支援我們的程度相比，至少是等量齊觀。行事曆新活動提醒與Slack通訊軟體新進訊息的叮咚聲響，打斷了我們真正想要進行的事，卡爾・紐波特所說的「深度工作力」，也就是當初希望透過設計這些工具、讓我們終能放開一切好好從事的那些工作[3]。

其實，我們大多數人根本都不需要叮咚提醒聲響：在一個小時之內我們自動自發檢查螢幕多次的自我打斷能力已經相當完備。由於這是相當重要的主題，我會在之後的篇幅再詳盡討論，不過，現在值得我們好好關注的是，與某些更炫目、更「先進」的敵手工具相比，古老的紙筆練習可能是某種更具有善意的科技——它具有外在硬碟的所有好處，但是那種分分秒秒都企圖靠我們注意力賺錢的科技的缺點，卻完全看不到。

統整大腦（們）

我們討論「大腦」的時候，彷彿把它當成了統一個體，但當然不是如此。在心理學家史帝夫·彼得斯的《黑猩猩悖論》[4]當中，他把令人頭昏腦脹的大腦複雜度簡化為著名的三大關鍵功能：

人類——位於大腦的前額葉，主要是負責感知，包括了好奇心、理性、同理心、尋求意義與目標，我們總是一廂情願認為自己可以隨時掌控這個區塊。

黑猩猩——更原始的邊緣系統區塊，被情緒與本能所控制，也就是即時反應貪婪與懶惰，它具有比「人類」更快速的行動力。

電腦——顱頂骨區塊，儲存的是透過我們生活經驗之中的這兩套體系的交互作用、浮現而出的信念與行為態度，可以透過「黑猩猩」與「人類」進行存取，而且也可以靠習慣、刻意予以程式化，幫助我們做出更好的決策。

就實際面來看，這就表示我們最先爆發的念頭，未必最有幫助。主司情緒反應、對於類似憤怒、怒氣，以及羞辱感的負面訊號具有高度感知力的「黑猩猩」，反應速度通常超過了「人類」。而雖然「人類」可以投入時間與心力、介入調節邊緣系統的反應——但通常都已經造成了傷害。

我們的「黑猩猩」經常以負面的自我對話摧殘我們——當我們覺得自己受到威脅的時候，我們會拳打腳踢；當我們害怕的時候，我們以為自己只能坐以待斃；遇到必須完成要務的時候，我們拖延症發作；我們覺得備受壓力的時候就會出包。

我們沒有辦法趕走自己的「黑猩猩」，以及伴隨它們而生的恐懼與負面情緒，但是我們可以學習管理它們。

以神經科學的語彙來說，探索式寫作的功能就是在大腦的邊緣系統（黑猩猩）與理性區域（人類）之間建立某種連結，以更有效率的方式幫助我們脫離高度焦慮狀態，這就是我多年前深夜三點的大發現，我自己靠著寫東西，脫離了「戰鬥或逃跑」的壓力反應，進入更富有生產力、更冷靜、創意更豐沛的狀態。

安琪拉·達克沃斯在自己與科羅拉多州神經科學家史蒂夫·麥爾的談話報告當中，對於這種大腦不同區域之間的交互作用提供了某種很有意思的觀察，她請他解釋「這種充滿希望的神經生物學」。

> 史蒂夫思索了一會兒，「在許多話語之中，蘊含了這樣的協議空間。你的大腦中有許多地方會對厭惡的經驗產生反應，就像是杏仁核……現在，這種邊緣系統被等級更高的腦部區域所控制，比方説前額葉皮質。所以，要是你產生了某種評價、思緒、信念——隨便你怎麼稱呼都好——『等一下，我可以做點什麼吧！』或者『其實沒那麼糟啊！』之類的話，然後，在這些皮質之中的抑制結構開始啟動，接下來它們就會發送這樣的訊息，『冷靜！不要這麼激動，我們還可以做點什麼[5]。』」

寫作，與純粹的思維相反，它反而能夠給予我們等級更高的腦部區域行事的空間與時間，而且可以規範我們的恐慌「黑猩猩」，讓我們成為懷抱更多希望、更快樂的人。

直覺式詮釋

不過就是幾奈秒的時間，你卻必須停止閱讀，因為那個問題劫奪了你的大腦。你剛剛因為要回想昨天午餐吃了什麼，因而浪費了人生的一小段時光、再也無法復返，為什麼？都是因為某種被稱之為「直覺式詮釋」的著名心理反射反應⑥。

只要出現問題，你的腦袋就是會忍不住要想出答案。那可能是好問題，爛問題，或是無關痛癢的問題：直覺式詮釋不會區分箇中差異。大多數的時候，我們對於一直在自問的問題通常是渾然不覺：探索式寫作讓它們變得更加明晰，讓我們能夠以更聰明的方式面對它們。這一點很重要，因為愚蠢的問題通常會產生愚蠢的答案。

要是你自問類似「我為什麼行事風格會這麼亂七八糟？」的問題，那麼你可能會想出一大堆答案，但恐怕都不會帶來什麼幫助。

如果，你能夠以比較聰明的方式提出疑問，改以這樣的方式詢問自己，「我今天可以完成哪一件事？讓我變得比較井然有序？」這樣一來，你就大有進展。這項原則是探索式寫作的根本基礎，因為，當你的思緒在做毫無意義兜轉的時候，只要靠著探索式寫作的提示、寫出好問題，就可以奪回自己的大腦。

我曾經帶我們家的狗兒索兒帢，某隻動不動就分心的史賓格犬／邊境牧羊犬的混種狗，一起參加獵犬訓練課程，其中一堂的重點是取回。教練帶著準備要取回的假人、站在遠處，然後把假人丟入草叢。我的職責是蹲在索兒帢旁邊，伸出手臂，指向牠得要去取回假人的方向。等到我確認牠正對目標的時候，我放開牠，下達「快把它拿回來！」的指令，盯著牠直直跑向目的地（當然，把假人帶回來花了比較久的時間，不過那已經不在這種隱喻的討論之列）。重點是，把刻意挑選的合適提示性問題，寫在紙張的上方，也可以產生類似的作用，讓你容易分心的大腦對準目標，解放它，讓它奔向實用答案的那一個方向。

畢竟，要是我們會產生心理反射反應，就大可以好好利用它，對吧？

說故事的大腦

正如同我們通常未曾意識自己在腦海秘密地帶問了什麼問題一樣，我們也往往對自己訴說的故事渾然不覺。我們老是覺得敘事屬於小說家或是劇作家的領域，不過，就最基本的層次而言，我們每一個人都是天生的敘事者。能夠領悟我們的經驗、創造意義的唯一方式，就是在可能有自覺、也可能渾然不覺的狀況下創造故事。打從我們清醒、一直到我們入睡的那一刻，我們一直在對自己說故事——甚至入眠之後也一樣：我們已經根深蒂固到連睡覺的時候，都會以敘事的方式理解世界（「做夢」只是「不由自主說故事」的另一種說法罷了）。

現在，你的大腦忙著閱讀這本書，凝神關注我的論點（我希望是如此）。不過，要是你暫時放下這本書，為自己泡杯茶——你就會發現到自己的大腦立刻切回到預設模式：自顧自講話，幾乎都是破碎的情節。在沒有其他事情好做的狀態下，這種「自傳式自我」就會接管⑦。

透過故事情節，我們講述生活事件與整合學習。故事可以營造出更複雜的神經路徑，讓我們得以儲存更多的東西（根據某項一九六九年的研究顯示，當我們以敘事方式，而非條列方式聽到諸多項目的時候，長期記憶能力會增加到七倍之多，請參考⑧）。故事是能夠讓我們得以探索世界的地圖，少了它們，就是完全行不通。

不過，故事也可能會帶來麻煩，因為我們開始相信自己編出來的情節，與世界的真貌產生了混淆。我們想要看到模式，創造確定感。當我們的情感大腦做出決定，我們的理性大腦趕忙要創造符合情境的故事、予以合理化，而我們稱其為「真相」。

這就像是那個有關魚的老笑話。

有兩條幼魚一起游泳，正好遇到某條年紀比較大的魚在另一邊游泳，牠對牠們點點頭，開口問道，「早安，小朋友，水怎麼樣啊？」那兩條幼魚游了一會兒之後，終於其中一個盯著牠的夥伴，開口問道，「水到底是什麼啊？」⑨

是這樣的，伴隨著我們嘰嘰喳喳一直在講故事的大腦，以那個，嗯，思想的那種速度，不斷飛掠而過的那些思緒，就是我們的水。至於那些嘮叨不休的話語，那些情節——我們大多數的時候根本沒有意識到它們的存在，而當我們注意到的時候，直接把它們當成了事實。「就是這樣，」我們這麼告訴自己，「這個世界就是這樣。」

不過，我們能夠接觸世界的唯一方式，當然是透過我們的感知與思緒。詢問兩個人對於同一事件的看法，你會聽到截然不同的故事版本。在這種狀況下，你是評估那些故事之相對「真相」的觀察員，了解為什麼某人會做出那種回應，也許可以看出雙方的觀點。不過，當我們觀察自身經驗的時候，就沒有辦法冷靜自持了。

探索式寫作可以讓我們暫時離水一會兒，觀察自我的思維與認知，看清它們的本質——正是理解這個世界的方法。誠如麥克．尼爾所言，「我們自以為我們體會的是真實：其實我們體會的是自我思維。」⑩

探索式寫作也可以幫助我們把自己的故事情節變得清晰，而這是認定它們是否有所助益的第一步。它也能夠讓我們發想新的故事，得以讓我們看到其他的可能性，也許能夠產生不同結果的其他選擇。就像是小說家創造虛構世界，我們也可以在紙頁為自我創生可能的未來，光是這樣的舉動，就可以轉換我們的心靈狀態，因為它化為了動力。

當然，我不能單單以一章的篇幅講完寫作與神經科學的原則。不過，我希望這樣的簡單介紹，能夠讓你相信探索式寫作對於我們的生活經驗具有強大影響力，而且你已經準備好要開始自我探索。在我們繼續進行之前，先討論一下我們的心態，以及接下來需要的基本工具組。

第 3 章

成為探索家

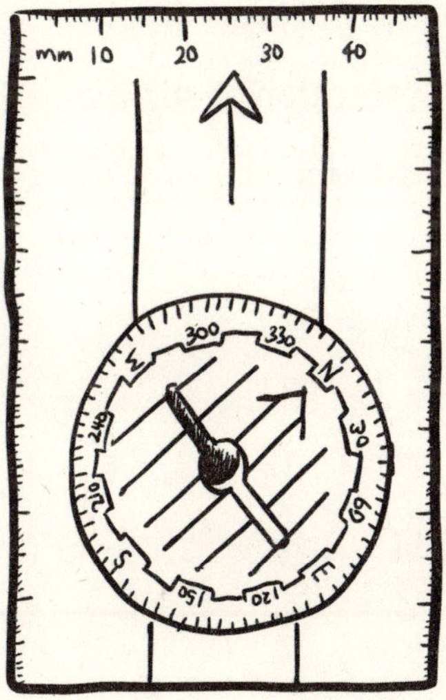

探索家展開所有的冒險之前，有些事項必須提前準備就緒。當然，要對付一張白紙，不需要動用到專家配備或是後勤補給。不過，就像所有的冒險形式一樣，最重要的準備工作就是要讓大腦進入正確位置、迎向面前的挑戰。

探索家的心態

當你在尋常工作日坐下來準備動筆的時候，通常不會處於探索模式。在你開始寫東西之前，你已經相當清楚自己想要傳達什麼，而你的重點是要清晰表達，就某種程度來說，下筆之後應該很可能會得到你預期的回應。

這就像是你站在跑道的比賽起跑線一樣：你非常清楚自己要做什麼，面前的跑道線畫得一清二楚，你的任務就是要盡量發揮最大效能、衝到終點。要是你能夠拿到某種象徵式的獎章，那就更棒了。

不過，當你坐下來，開始進行探索式寫作的時候，這種跑步比賽的心態完全派不上用場。你不知道眼前的路徑，因為這是探索的起點。所以，這樣的寫作重點不在於表現，而是發掘。

許多人都想要知道探索家的心態到底是什麼，而大家的共識不外乎這幾項關鍵原則：好奇心、謙卑、彈性，以及幽默感。

當然，要是你打算在暴風雪之中跋涉穿越極地，這些至關重要，但處於更接近自己的挑戰環境之中，它們同樣奏效：比方說，處理職場上的棘手人際關係問題，或者，打算要創設新事業。在這種探索式寫作的比喻探險之中，同樣能夠發揮作用。

現在，就讓我們逐一討論這些特質。

好奇心

如果要說探索家有什麼單一的明顯特質，那就絕對是好奇心了。無論問題是「我很好奇山的那一頭是什麼樣子」或是「不知道我能否穿著溜冰鞋一路到北極」，幾乎每一個探索家決定出發探險的背後都蘊藏了好奇心。

不過，好奇心不僅僅讓我們展開行動；它也能夠讓我們在凝視探險帶來的天生挑戰之際不會尖叫逃跑。

它給予了我們葛瑞絲·馬歇爾所稱的「更理想之看待角度」：

恐懼說道，「靠！要出事了！」
好奇說道，「哦哦！」
恐懼說道，「有危險。」
好奇說道，「那很有趣啊！」
恐懼說道，「不要過去那裡。」
好奇說道，「讓我們好好看個仔細。」①

大部分創造力的起始點都來自好奇心，而探索式寫作提供了某種小規模、可以每日練習的空間。由於紙面是一種安全地帶，風險很低，完全不可能危及生命，不會害你的手腳或是聲譽有任何損傷，所以更能讓更有助益的好奇心主宰一切，將恐懼的膝反射動作轉化為勘查事實、擴展世界的探索過程。

謙卑

這是學習的基礎：樂於接納自己可能出錯，或許有更好的行事之道。弔詭的是，這其實是某種內心自信的象徵：最沒有安全感的人才會死命抗拒自己失策的念頭。對於自己犯錯也能坦然處之的態度，正是心理學家卡蘿．杜維克所說的「成長式心態」：抱持僵固心態的人，會對批判與他人的成功備感威脅，不過，擁有成長式心態的人卻把這兩者視為學習的機會[2]。

對於商界領導人來說，謙卑越來越重要，因為當代世界的複雜度與變化速度，也就表示沒有人能夠隨時知道所有的答案。姿態放得夠低，不需太過堅持自己的信念，尋求他人意見，這不只是成功，也是生存下去的關鍵。以謙卑態度進行探索式寫作，就表示你有意願研究檢視狀況的其他方式，而且，也樂於從他人身上學習經驗，就算是不喜歡這些人也一樣。

艾德加．施恩發明了「虛心叩問」一詞，意思就是尋求解惑的藝術，而且要以努力與他人建立關係作為目標[3]。

這是一種實踐更有效領導術與更佳決策的有效策略。在探索式寫作之中，「他者」就是你自己，但是原則還是一樣：謙卑得以讓探索家接受現實可能與他們所想像的不一樣，而且他們必須因應自己的發現改變計劃，甚至改變自己對於世界的觀點。

彈性

打從人類有史以來的所有探險活動，從來沒有任何一個是依照原定計劃行事。這一點並不令人意外：當前方的領域是未知狀態的時候，當然不可能有什麼固定計劃。所以，雖然探索家事前會盡可能嚴謹準備一切，但他們也必須接受不知道在什麼時候會出現未預期狀況，必須隨之進行調整。

當「堅忍號」帆船顯然因為遭受冰擊而斷裂的時候，埃內斯特・沙克爾頓將原本的探索計劃改變為搜救任務，而且他投入全心全力、想盡辦法要把隊員活著帶回來。他們必須棄船、登上附近浮冰的那一天，他在自己的日誌裡寫下了這段話，「當原本目標不可得的時候，必須要讓自己向新目標前進[4]。」要是他當初把精力花在咒罵自己運氣不好，或是想要挽救自己的原始計劃，那麼他就永遠不可能達成這種充滿臨機應變、彈性，以及毅力的驚人壯舉，終於讓每一個人都安全返鄉。

決意要更動計劃是非常措施，尤其牽涉到說服其他人一起配合的時候更是如此。探索式寫作給予我們無限可能，在無須考量後果的狀況下，發想、測試、琢磨各式各樣的替代方案，它也能讓我們得以培養出需要說服他人，此一全新路徑值得嘗試的論據。

幽默感

你可能不會立刻想到幽默感是探索家的原型特質之一：一想到自己的面孔出現在暴風雪之中，想必是一張苦瓜臉。不過，要是得長時間在艱困環境裡共處、不會自相殘殺，具有幽默感是一大關鍵（羅阿爾．阿蒙森在他一九一一年的日誌裡表示，他永遠笑口常開的廚師阿多夫．林德斯卓姆「為挪威極地探險隊提供了偉大珍貴的服務，貢獻超過了所有的人」）⑤。就算是對於紙上作業的隻身探索家來說，要是遇到艱險或是無法依照計畫行事的狀況，幽默感也是讓你進行部署的有效工具（參考彈性的段落）。就算是在一片低迷之中還能夠找到幽默感，就能夠降低感受到的壓力。幽默感也可以讓我們進入更具有創意、更好玩的狀態，在這樣的場域之中，幾乎都能夠讓你找到解決方案與全新創意。獨自探索的莫大好處之一，就是不需要擔心因為發出不得體的竊笑而觸怒任何人。所以，當你展開探索式寫作的冒險，只要是能夠讓你覺得有幫助的念頭，無論是什麼荒謬或是黑色幽默就大方接受吧（當它轉為殘酷的時候，就變得一點也不好玩了）。

當你開始登上自己的探索式寫作旅程，謹記好奇心、謙卑、彈性，以及幽默感等原則，相當值得一試。要是你打從一開始就刻意採行這些原則，那麼久而久之將會成為固定習慣，它會造成巨大改變的不只是你的寫作，還有你的人生。

探索家的工具箱

除了拿出（隱喻法）你的正確心態之外，你還必須準備一些真正的工具組裝上陣，才能夠展開冒險，除此之外，還有一些必須牢記在心的指令。

等一下，你可能會這麼說——我以為探索式寫作的重點就是只需要紙筆，而且不可能出錯，不就是這樣嗎？好，那我為什麼需要一套設備與指令？

針對這個問題的答案，就某種程度來說，沒錯，關於探索式寫作一點也不複雜，而且也沒有「適合」與「不當」的行事方式。不過，確實有一些輔助工具與概念，還有某些關鍵技巧，不僅能夠讓你得到更好的實踐成果，而且更有樂趣。

就像是你只要外出探險、絕對會準備基本用品一樣——急救包、睡袋、帳篷、靴子、花生醬（或者只有我會帶這東西吧）——所以，進行探索式寫作的時候，也有一些必需品，但不是什麼專業備品……

你需要什麼？

- 原子筆或鉛筆。
- 一大疊破爛的紙（詳情請見後）。
- 可以舒服寫作的地點。
- 為自己計時的方法。

- 在這段時間當中——遠離人或是電子設備——絕對不要出現任何令人分心的事物。

你可能還想要來點什麼？

- 漂亮的筆記本
- 茶，也許加上一塊餅乾。

何時進行？

想要什麼時候都不成問題。當成一早起床的第一件事，不錯，主因是因為它可以在大家都想要佔用你時間之前，幫你先行確認今天的行事方向。傍晚也很好，因為這是省思與處理當日經驗的某種方式。不過，每當你覺得需要一點空間與清透思緒的時候，都是進行探索式寫作的好時機。

一次要花多久時間？

這是好問題，而這答案當然會很類似那個何時疑問的解答，也就是說只要你喜歡，多久都不成問題。並非所有的探索式寫作都需要期限，但我發現訂定期限還是很有幫助，尤其是因為它可以讓我保持專注，下筆速度更快，而想要突破我們已知部分與我們不知自己已知部分的那道隱形障礙，速度是最佳途徑之一。

對我來說，六分鐘是我能夠保持真正自由寫作衝刺狀態的極限，我指的就是以宛若思考的速度下筆，完全沒有任何停頓，直到我的氣力——或是我的手——放棄的那一刻。

我一開始進行每日探索式寫作的時候，定下的目標是十分鐘，然後發現失敗遠遠大於成功的次數。遇到忙碌的日子，我似乎就是沒有辦法抽出十分鐘的時間。

所以，我把自己的目標降為五分鐘——「艾莉森，我才不管妳到底有多忙，擠出五分鐘一定沒有問題。」而我真的辦得到，幾乎是屢試不爽。除此之外，短促的時限也幫助我專心，下筆速度更快，所以也更加無拘無束。不過，問題在於大多數的人得花兩、三分鐘的時間才能夠進入探索式寫作狀態，換言之，要是你的時段只有五分鐘，其實就僅剩下兩、三分鐘寫出精采內容（就這一點來說，我發現寫作有點像是跑步：一開始的那幾分鐘總是痛苦不已）。

後來，我看了吉莉・波爾頓的《Reflective Practice》一書，她在文中建議最佳的衝刺時間是六分鐘⑥，等到我親身嘗試之後，就完全成為她的信徒。六分鐘感覺就像五分鐘一樣行得通，但卻足足多出一分鐘可以生出精采內容，這是額外六十秒投資產生的高效益。

所以，雖然一切由你定奪，但我還是強烈建議你一開始設定時間為六分鐘，要是時限已到你卻意猶未盡，當然很棒，但不需要硬撐下去。

你的頻率是多久一次？

我還是很想要告訴你，隨心所欲不成問題。不過，且讓我解釋一下有關恆心的道理。我每天都跑步，大部分的時候跑的距離都不是很遠，而且速度也不快，從來沒有。不過，當我在二〇二二年七月寫下這個段落的時候，我已經每天跑步超過了一千五百天，而且，除非遇到環境所逼（因為總是會有那麼一天），我絕對不打算停止。在此之前，我一定會保持讓我更快樂也更健康、絕不妥協的每日習慣（而且狗兒比我更愛這一點）。

每天固定從事某件事，也就是大家所熟知的「鍥而不捨」（streaking）（這裡的意思完全不是衣裝的條紋——也不是一絲不掛的裸奔，那是意思截然不同的streaking，而我的書也絕對不是那種內容）。我有好幾種「鍥而不捨」的習慣：每一個都反映出我想要成為的那種人的某一特定面向，生理、心理、社會，以及性靈等層次，而且每一種習慣所花的時間都不會太久，因為如果不是這樣的話，我也沒有辦法長時間維持下去。

從許多的心理學研究——比方說B·J·佛格的「小習慣」[7]以及詹姆斯·克利爾的「原子習慣」[8]——我們得知對於絕大多數人來說，透過加諸在日常習慣之中的微小改變，就是讓我們的生活變得更好、而且可以繼續維持改變的最佳途徑。

當我一養成了固定跑步的習慣之後，有趣的事發生了：我不會問自己「今天要不要去跑步？」——過往經常出現的答案就是「唉呦不太想」——而我開始自問的是「我今天**什麼時候**要跑步？」那是一種截然不同的決心，它需要稍微計劃一下，但不是那種重量級的意志力。這都是靠我對於自己預作的承諾堅持鍥而不捨，對於完成任務來說，預作承諾是我們的心理面工具袋之中最靈巧的工具之一。

如果你覺得這對你來說也可能適用，那麼我鼓勵你要以探索式寫作的連續習慣作為實驗。確保自己找到某種記錄方式（《歡樂單身派對》的主角傑瑞・賽恩菲爾德的著名習慣是對著自己的壁掛月曆每天畫十字記號，而我自己是使用Streaks應用程式，你可以自行選擇）。重點是一看到完全無中斷的連續日期，就能夠有助激發你絕對不可半途而廢的動力。

為什麼要拿一堆破破爛爛的紙？
我明明有一堆美美的筆記本……

我超愛筆記本。我的書架裡收藏了好幾本美到不行、根本捨不得寫字的筆記本：我永遠不可能想出造詣足以深厚到必須寫下來的見解、也沒有辦法寫出夠工整的筆跡，可以正大光明污染純淨的紙頁。好，大家不需要有那種壓力。探索式寫作自然隨性，亂七八糟，完全展露真我，當你開始進行之後，一定要確認不會有任何人看到。

對我來說，探索式寫作的最佳工具就是A4格線再生紙。

很便宜，完全不會令人心生畏懼，隨時可以上場，不必扭捏作態，而且它可以讓你的大腦與身體進入電腦鍵盤只能望塵莫及的某種狀態。

所以，美麗的筆記本，當然沒問題——不過，就把它們留給從探索式寫作萃取而出的精煉創見，而不是直接拿來進行探索式寫作（更多內容請參考第十四章）。

就這樣。根本不算是繁重或是下重本的清單，而且不需要你投入大量時間或是技術專業。就算你覺得某一天的探索式寫作努力只是白費工夫，你也只不過損失了六分鐘以及兩、三張紙而已。

在這一段簡介即將結束的時候，我想要花一點時間告訴各位，下一章將會特別關注職場，還有為什麼我深信當我們在組織的各種層次努力掙扎、面對挑戰的時候，探索式寫作是威力如此強大的工具。

第 4 章

探索式寫作與工作危機

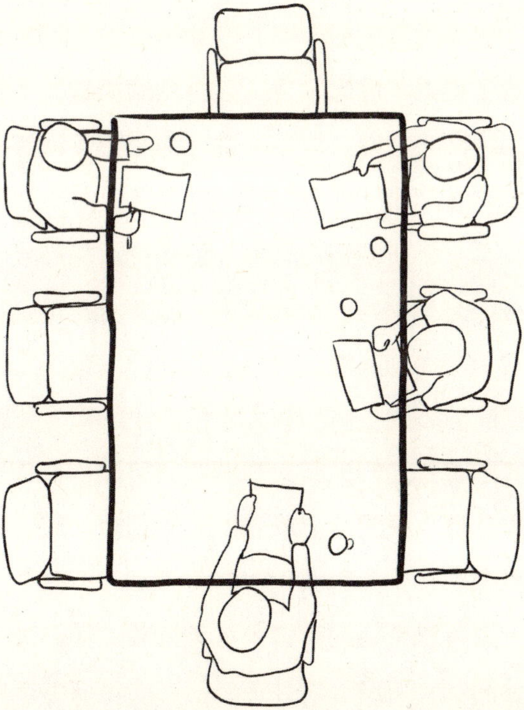

想要在生活與工作之間劃出一條人工界線，其實沒什麼意義，不過，探索式寫作可能對於職場特別有效，它還是值得我們特別關注，因為無論是真實還是虛擬的職場，它都是：

- 我們清醒時刻所身處的最主要處所；
- 與那些未必是我們打算想要共處的其他人進行日常互動的地方；
- 最可能出現由我們「人類」佯裝主控一切的地點；
- 目前面臨某種前所未見的健康與行事之危機的地方。

你可能會覺得「危機」是一種強烈的措辭，不過，在一整個禮拜的工作期間之中，很難硬說一切光明燦爛吧。

首先，現在出現了「大離職潮」，這是由安東尼·克洛茲教授在二〇二一年所創造的詞彙，意指在新型冠狀病毒肺炎疫情結束之後、立刻湧現的辭職潮[①]。也許是因為他們發現了自己寧可過著遠離通勤與辦公室政治的生活；也許是因為他們之前得到了空間與時間、更加深入思考人生的重大難題，認定他們的工作並不符合他們更廣大的價值與目標；也許是因為飆升的生活成本危機，讓開車上班變得並不划算；或者，可能純粹就是其他原因。

然後，還有以下這項事實，真正忙於工作的勞工其實僅佔了一小部分而已（蓋洛普估計在二〇二一年前半年、全球僅有百分之二十的勞工認真努力，而且近年來這數據幾乎沒什麼變化[②]），他們把時間幾乎都花在社群媒體，而不是未來三年的策略。就算是他們努力想要專注研究策略文件，也可能會因為扼殺生產力的老闆私訊或是同事來電而分心。

更何況，過去十年來與工作相關的壓力逐漸往上攀升[3]，原因五花八門，也許是工作量、必須面對干擾，以及不確定性。

由於科技變化步調而引發的全新焦慮，碾壓了因為困難人際關係、不良領導與溝通相關的傳統焦慮。

企業每年為了改變管理計畫、指導主管、訓練領導、促進身心健康等項目投注數十億美元的經費。不過，接下來你將會在這本書發現探索式寫作提供了相當適合這些複雜壓力的優點——比方說參與度、解決問題、韌性，以及同理心之類的優點——而所需要的花費卻只有他們的九牛一毛而已。

不相信嗎？且讓我們仔細看看這三個實用範例，觀察只需要投資一丁點時間的探索式寫作練習，如何在職場發揮效果，創造非凡佳績。

「隱形工作」與合作

我們現代人絕大多數的工作，對於前數位世代來說，可能相當奇怪（我童年時代的好友母親生前每一年都會寄聖誕卡片給我母親。在她過世前的最後一張卡片，她據實寫下了這一段話：「保羅與艾莉莎都很好，兩人從事的都是我不了解的工作。」）

儘管「知識工作」以往是屬於極少數專家角色的領域，然而，時值今日，它卻涵蓋了我們大多數人的工作範圍。換言之，我們泰半的工作時間，如果不是努力在別人面前呈現我們的隱形思維，那麼就是企圖「看懂」別人想要呈現給我們的概念。誠如約翰．郝金斯所指出的一樣，這並不容易，「傳達出僅有一半完成度的概念，是很棘手的事[4]。」

郝金斯憑藉自己與第五頻道創辦人葛雷格．戴克的共事經驗，提供了達成這種目標的某種方式。戴克會寫信或是備忘錄，努力降低面臨問題的複雜財務與技術面向、把它轉化為明確的溝通，然後，某個小組坐下來，針對那一段文字內容重新動腦，想辦法搞清楚。正如他所說的一樣，「這是讓隱形工作讓大家看見的好方法[5]。」

探索式寫作是寶貴的工具，可以在職場當中將隱形的一切化為具象，因為它給予每一個團隊成員在與其他人進行溝通工作之前，更加清晰「看透」他們想法的空間。

這是探索式寫作在職場的超級實用範例：團隊小組成員在會議開始的前幾分鐘，先寫下自己的東西，並非直接跳入群組討論，對於他們來說可能很受用。他們覺得關鍵問題是什麼？想要讓同僚明瞭什麼？最能夠激發他們興趣的可能選項是什麼？

加入這種「前討論」步驟，很可能會產生效果更宏大的群組討論，而且也能夠讓在其他狀況之下、根本無法被看見的擔憂與創意浮上檯面。

多元與包容

在打團隊戰的時候，運用探索式寫作的強大優點之一，就是可以輔助打造公平競爭環境：自信、無心理問題、外向、態度積極而非內省學習風格的母語人士，是傳統會議以及所謂的「腦力激盪」討論時的寵兒。而這些初期的發言很可能會形塑與扭曲整個討論內容。

只要給每一個人幾分鐘的時間，讓他們以自身的母語根據他們自己的偏好，隨便為自己寫點什麼，就有可能呈現出每一名參與者的優質創意。這也有助於在所有面向之中加入包容與多元性，同時也能夠在進行評估的時候產生視角更為廣泛的各種概念，讓習慣在討論時當邊緣人的成員們能夠更積極投入。

我們講一個實例，就可以看出探索式寫作在這種更包容的方式之中如何發揮作用，也就是「事前驗屍法」[6]，這是由蓋瑞·克雷恩所發明的專有名詞，後來由丹尼爾·康納曼（Daniel Kahneman）發揚光大。想要了解死因，驗屍可以派上用場，不過，對於成為研究主題的對象來說已經為時晚矣，完全沒有任何幫助；所以出現了邀請團隊成員一起玩遊戲的事前驗屍法。且讓我們假設那個專案失敗了：肇因可能是什麼？一切完全是基於假設；不會造成任何人的名聲岌岌可危，不會造成大家的損失，所以更容易讓眾人說出換作在其他狀況之下不會坦白說出的那些擔憂。運用探索式寫作簡短衝刺，可以幫助與會者跳脫當下的思維，找出一開始看不太出來，而通常到了最後卻是致命的那些問題。它也可以讓每一個人針對問題，展現自身智慧與專業的獨特領域，而非僅有那些最大聲、最隨便的意見而已。

職場的身心健康

員工的身心健康是公司高層關心的重點，主因是它會對組織造成重大影響。在疫情出現之前、由英國政府委託執行的二〇一七年報告指出，「有越來越多員工出現心理健康問題，每年有出現長期心理問題的三十萬人丟失工作，而且有生理健康問題的員工比率也越來越高……（而且）大約有百分之十五的員工目前具有心理問題的症狀，造成英國雇主每年必須為此支出三百三十億到四百二十億英鎊之譜[7]。」新冠疫情到來，並沒有讓這種問題趨於和緩，根據英國慈善組織「Mind」的數據[8]，每一年，在每四個人當中就會有一人遇到某種心理健康問題，顯然管理者必須要嚴肅對待員工的身心健康議題，不只是因為他們想要當好人，而且也是因為如果不展開行動的話，就會引發真正的損失。

我會在第十一章更詳盡闡述探索式寫作如何維持身心健康，不過，現在值得注意的是，在那份二〇一七年的報告當中，提供雇主關於心理健康的建議包括了「鼓勵公開對話」。

顯然探索式寫作對於這種體貼、開放的溝通扮演了重要角色，因為它提供了可以讓大家把難以說出口的事，開始大聲講出來的某種安全空間。

第二部

紙上的脫軌冒險

現在，我希望你已經蓄勢待發，準備展開這次探險：你已經明瞭它為什麼值得你投注時間與心力，你也接納了探索家的心態，基本工具已經就列。

現在，也該開始進行你的探索式寫作冒險了。在這一個段落，我將會介紹某些你可以考慮的方向——讓你能夠在紙上進行的一連串冒險，我們接下來將關注：

第五章：動力、目標，以及專注力，以這三者交織而成的原則拚命挖掘意義；

第六章：意義建構，我們一直在使用但經常渾然不覺的敘事建構；

第七章：探問，以更有意義的方式運用問題；

第八章：好玩，創意的基礎；

第九章：轉化，這種隱喻的不凡力量，幫助我們以不同角度看待事物；

第十章：自我認知，對於我們通常想要忽略的那些自我面向坦然處之；還有，

第十一章：身心健康，如何能夠取得更理想的資源、迎向每一天面臨的挑戰。

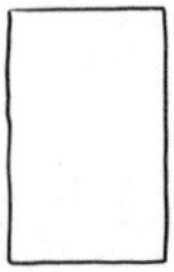

以自己的步伐進行探索，不需要有任何負擔，隨便要從哪裡開始都不成問題。在這個段落的大部分章節之中，你會看到這種白紙圖示、標示的是給你的探索式寫作冒險的各種建議提示，（但它們都只是建議而已——如果你想要使用不同的提示或是採行不同方向，儘管放手去做吧！）

第 5 章

充滿動力、目標，以及專注力的冒險

在第二章當中，我們認真研究了探索式寫作的神經科學基礎——也可以說，我們探討了它為什麼奏效。在這一章當中，因為我們要開始側重探索式寫作的具體應用，且讓我們把焦點從大腦硬體轉換到心靈軟體：也就是心理學以及哲學。或者，換言之，我們要了解它為什麼扮演了這麼重要的角色。

我認為，探索式寫作魔法的基礎，有三個彼此相關的基本原則：動力、目標，以及專注力。就像是所有的心理學以及哲學詞彙一樣，它們也是會令人陷入激烈爭辯的主題，不過，為了本書的目的，我對它們闡述的定義如下：

動力＝實踐、影響世界的能力。

目標＝刻意在千百萬個不同事物之中、挑選你能夠在今天完成的任務，或者，在你一生中努力想要達成的使命。

專注力＝以持續不懈的方式，將自我心智與活力、全部投注在自己精挑細選的事物，讓下定決心的那些目標得以實現。

這些原則彼此夾纏依存：要是我們相信自己有動力，那麼我們就會訂定努力的目標，這就意味我們透過專注力就更有機會大功告成，但必須持續好幾個禮拜、好幾個月，甚至好幾年的時間。

如果我們不相信自己的動力，那麼我們永遠不會想要努力完成任何成就；要是我們不挑選目標，那麼就只會隨波逐流過一輩子；而如果我們無法專注自我選擇之志向，那麼我們就不可能衝到終點。當這三項原則一起運作的時候，它們形成了某種良性循環：當我們看到自己全力以赴追求既定目標的成果，我們的動力感也會隨之增強。

我把這些原則稱之為基礎，因為要是少了它們，我們永遠無法完成具有真正價值的目標。

現在，就讓我們逐一檢視，看看探索式寫作要如何助我們一臂之力。

動力

在第二章的時候，我們發現了寫作能夠讓我們看到自己的故事。自我與自身思想的有效分隔線，讓我們能夠對它們多少產生一點控制權：我們可以注意我們對自己所說的情節，進行評估，想像全新的可能性；我們可以決定要接受什麼，要拒絕什麼，我們可以盡情嘗試各種思想實驗。

我們每天都遇到諸多不可抗力之事，從他人的行為態度，乃至天氣，一直到生活開銷危機。就算我們並沒有被真正的無能為力之狀況所箝制，比方說疾病、窮困、受到虐待或歧視，但我們絕大多數人經常多少會感受到無力感，這是一種令人精疲力竭的狀態。

探索式寫作可以讓我們把紙頁轉換為一個微小但無限的空間，我們對它具有百分百的控制權——我們不需要對誰負責；除非我們自願，否則不需要受到任何現實束縛；我們可以追隨所有承載我們奇思妙想的念頭，幻想任何狀態都不成問題。現在站在擠滿人的房間裡進行簡報，你可能覺得不太舒服，但你可以寫下來，將那樣的體驗予以視覺化，就像是運動員可能幻想自己衝過奧運決賽終點線一樣。

運動教練採行視覺化方法已經行之有年：當運動員在心中預想結果的時候，他們想要觸發大腦進行類似那種體驗的活動。這種視覺化過程可以創造出全新的神經路徑，讓運動員充滿活力，準備要以符合結果的方式努力一搏，所以他們成功達標的機會就更高了[①]。

短期之內，你應該不會打算運用這種心靈魔法贏得什麼國際運動比賽（我知道我不會），不過，並沒有規定禁止拿它在生活其他領域盡情揮灑。紙上的探索式寫作內容，可以是你的精采簡報、升官、自己的播客上線——只要是你企圖達成，但似乎力有未逮的目標都不成問題——它可以幫助你覺得希望更加濃厚。而那種動力感立刻就會轉化為你的行為態度，鐵定會得到更豐盛的成果。

探索式寫作營造出能夠讓我們重新得到掌控自我體驗的空間。梅根·海耶斯把它稱之為「自我創作」：她解釋「我們一定會成功的那種感覺，威力非凡，而寫作是一種模擬的過程，我們在紙上進行實踐，因而了解了箇中三昧[②]。」

這感覺有點像是魔術。通常大家第一次完成了自己的探索式寫作衝刺之後，他們會盯著我——有點目瞪口呆——然後大呼「真是不可思議！」，他們簡直像是眼睜睜看著自己從帽子裡變出兔子（這是隱喻的說法，當然，其實他們的表現的確就近乎等於是魔術師了）。

我第一次嘗試的時候，以為自己純粹是運氣好，但我完成了二十多次的寫作衝刺，而且每一次都頗有收穫，我開始領悟到是我在為自己製造運氣，而這一點讓我信心大增。你，將會和我一樣，開始發現面對日常阻礙你的問題與狀況、其實你自己真的找得出答案：你只需要一張紙的空間，加上六分鐘左右的時間，就可以找出解答。當你面臨更具挑戰性的全新問題與狀況的時候，它正好可以派上用場，讓你更加從容有餘。

雖然我們深信自己做出有意義的行動，絕對不成問題，不過，我們實踐的兩大重要來源——目標與專注力——卻因為我們的現代生活與工作方式而飽受殘酷攻擊。

目標

你有了動力，採取有意義行動的能力，擺在眼前的問題就是：你要採取什麼行動？要是你不出手，得分機會絕對是零（著名冰上曲棍球運動員韋恩．格雷茨基的著名金句），那麼挑選未來目標，自然成為定奪你最後成果的重要關鍵。

設定目標需要一些深思熟慮，而且也需要相當的勇氣。畢竟，選擇不出手容易多了，因為絕對不可能失敗，也不會因此產生尷尬與不安的感受。要是完全不設定任何目標，你就是跟大家一樣坐在看台上觀賞比賽。這樣的位置舒服多了：不會有失敗或受傷的危險，只需要一邊大啖零食，一邊批評球員失分。

設定目標與展開行動，牽涉的不只是有可能失敗；它也意味你必須刻意遠離那些待在看台感到心滿意足的人。這一點很困難，尤其是當你的自我認同與他們緊緊相繫在一起的時候，更是如此。「你以為你是誰啊？」我們猜想他們一定會這麼說，「坐回去啦，閉嘴，你就只能待在這裡，跟我們一樣，再去吃根熱狗吧。」

由他人為你設定目標，輕鬆多了。畢竟，這就是我們小時候在家中以及教室裡的社會化方式。我們被分派要完成各種雜務，要是表現良好，我們就會得到獎賞，在以前的社會當中，也期盼大多數的人能夠抱持那種態度進入職場。不過，現在我們當中有越來越多人屬於「知識工作者」，比被生產線束縛的過往勞工具有更高的獨立性、彈性，以及自主性，可能是完全脫離企業體制的個體戶實業家，或是遊走邊緣的族群。設定我們自己的目標，艱難至極。

這狀況其實更複雜，我們必須抉擇的選項之多，也同樣令人感到艱難至極，已經多到幾乎麻痺的地步。如果可以，你想成為什麼樣的人？要去哪裡？做什麼？該如何選擇？萬一出錯了怎麼辦？冷酷的社群媒體緊迫盯人，意味那樣的失敗會被放大檢視。反正，下定決心設定目標是一種高風險之事，而唯一比放手去做更糟糕的後果，其實，就是完全不出手。

探索式寫作又再次提供了安全空間，讓你可以構思與測試自己的目標。你可以運用紙頁當成某種時光機：要是你採取這個行動，五年後可能會是什麼光景？要是不這麼做呢？或者，你可以在中間劃一條線，想出優缺點，幫助你釐清與評估心中的天人交戰。就算只是在紙面研究可能的行事過程，從頭到尾連貫起來，也可以讓你產生可能達標的感覺。

專注力

如果說目標是選定某個特定標的，那麼專注力就是專注定焦，無論是當下，還是之後為了達標而接受的那幾個禮拜、那幾個月、那幾年的訓練，都必須維持專注。然而，我們現在似乎卻處於某種專注力危機之中。

原因之一就是「錯失恐懼症」。選擇將注意力專注在某項事物，那就表示你選擇*不要*理會其他事物，當這麼多事物吵吵鬧鬧要吸引我們的注意力，而且廠商還投下這麼高的行銷預算，想要說服我們那些東西是我們的幸福必需品的時候，能夠做到這一點，並不容易。

另一個原因是我們對自己電子器材的成癮性——使用這樣的字詞並不過分。我相信你一定聽過以下的統計數據：在二〇一八年的某份報告當中，發現擁有智慧型手機的人每日與手機的互動次數平均是兩千六百一十七次[3]，老實說，也就沒有留下多少時間可以做其他事了。我們的電子器材與裡面的應用程式，是由全世界最聰明的某些人所設計，他們的目的是要贏得我們越來越長的注意力時間並且藉此牟利。所以，千萬不要覺得心情低落。情勢對你不利——不是只有你，大家都是如此。但有辦法彌補吧，是不是？在適合二十一世紀用途的科技規範出現之前，這一切只能取決在你。

另一項關於專注力危機，但比較少提及的重點，就是他人對我們的期待。我年紀夠長，還記得有辦公室內部備忘錄的那個年代，暗黃色的信封，固定封口的方式是靠線繩纏住硬紙板鈕扣。靠這種辦公室郵件車送信給對方，得要花一些時間，而你也得好一會兒之後、才能夠讓對方得到你的回覆。要是你在忙其他的事，你就會把它丟到一旁，等到處理完手中的事再說；如果事屬緊急，他們會打電話過來，或者直接來找你。

當然，時值今日，我們的同事可以立刻看出我們已經收到並閱讀了他們的電郵，因而也培養出某種必須迅速回覆的潛規則。所以就這麼不斷循環下去，看到了他們回覆你的回覆，你放下了手邊的工作。不會吧，是你自己放下了手邊的工作。

我們打算在哪天完成什麼事，但是他人的要求卻半路殺出程咬金，這種狀況所在多有。如果我們誠實以對，有時候，我們對此的態度甚至是滿懷感激。史蒂薇．史密斯坐在她的書桌前，盼望那個來自波洛克的人出現，當詩人山繆．泰勒．柯勒里茲因為藥物產生之幻象，瘋狂寫下「忽必可汗」詩作的時候，打斷他的就是來自波洛克的人。她老實招認，「我超盼望可以有人打斷我[④]。」有時候，我們大家不也會犯相同的毛病？它讓我們可以趁機摸魚打混。要是沒有令人分心的事物出現，我們就沒有不完成詩作、寫報告、找出解決方案的藉口。也許這就是我們如此沉迷查看手機的原因：我們也希望來自波洛克的人現身，要是他們不肯遵從我們的要求出現在門口，那我們就自己上抖音找尋他們的蹤影。

類似冥想的「內功」可能會是幫助我們專心的好方法，但它們也有挑戰性。也許你可以維持超然平靜的心理狀態，與宇宙融為一體，超過三十秒之久：而我知道我辦不到。

不過，我發現即便是像我一樣容易分心，對於純粹心智活動的注意力維持度慘不忍睹的遜咖來說，以六分鐘進行專注的寫作衝刺也不成問題。有以下兩項（相關）原因：

一、它是離線活動。

靠著紙筆花時間進行探索式寫作，是真正的斷網時段。沒有人能夠以遠端方式打斷我們；沒有任何的應用程式拚命打廣告要吸引我們的注意力；我們不能點開Google找尋問題的答案，然後浪費一個小時的時間盯突發新聞，或者，老實說吧，其實都在看貓咪影片。還有以下的重點，沒有人能夠追蹤我們打了哪些關鍵字或是存取共享檔案：我們要說什麼都可以，完全掙脫了網路間諜，如果那讓你產生了顛覆的感覺，那就對了，因為真的是這樣。

二、它幫助我們定心。

在我們的腦中，各種思緒會不斷打轉，不管在什麼時候，我們都一次僅能抓住一個概念，很難維持夠長的專注力、以有效方式繼續醞釀下去，即便是在我們最佳狀態時亦是如此。所以當我們真的想出什麼了不起的靈感的時候，任何令人分心的事物——比方說，簡訊通知——很可能會讓它消失無蹤。在紙面思考，可以讓我們展開思路，抓出脈絡，如有需要的話可以倒頭回去，回到起點。雖然思考感覺通常像是在繞圈圈，但是寫作卻可以讓我們產生直線前進的感覺。

這些原則乍聽之下很深奧，不過，每天的探索式寫作練習，卻可以讓我們把它們植入我們日常生活內容之中。只要每天花幾分鐘的時間，就可以讓我們與自我連結在一起，產生動力感，練習目標，以某種相當簡單的方式保持全神貫注，幫助我們可以完成更多的要務。

第 6 章

冒險就是意義建構

在第二章當中，我們發現大腦就是會忍不住講故事，而探索式寫作可以幫助我們注意到這些情節，而且嘗試新的敘事。故事就是我們理解世界的方式；建構這些情節的更完整過程就是大家所熟知的意義建構。當我們在進行意義建構的時候，我們會挑選我們關注的體驗元素，然後把這些經驗互相連結在一起：會發生B是因為有A；如果出現X，那就會得到Y。

我們在小說裡總是會看到細心雕琢的線性敘事，不過，探索式寫作卻更鬆散、更富聯想力，而且也更為天馬行空——因為，正如我們在第二章當中所看到的一樣，這正是我們腦袋的運作方式。誠如彼得．埃爾伯所言，「我們的慣性思維鮮少具有嚴謹思維，反而充滿了聯想、類比，以及隱喻[①]。」

所以意義建構是某種原型敘事：一開始的時候很簡單，在多少算是刻意的狀況下、關注與選擇我們的焦點事物。透過探索式寫作的下筆過程，我們建構出某種「互聯序列」的感覺，幫助我們找到某種角度、努力以不同方式詮釋的關聯與類比。就像是卡爾．威克（Karl E. Weick）在他的指標著作《Sensemaking in Organizations》中的觀察一樣，「當大家在故事裡強調自己的生活的時候，也就對於本來只是一鍋什錦湯的內容、建立了某種正式的連貫性[②]。」

我們的意義建構幾乎都是在進行社交活動時出現，可能是與他人聊天或是身處在組織文化之中的時候，通常並沒有什麼意識感。我們的敘事大腦純粹就是把「體驗」轉譯為「敘事」，完全不費吹灰之力，甚至自己也渾然不覺。

不過，探索式寫作卻能夠讓自我意識邊緣的那種過程得以顯像，讓我們看到體驗被轉化為語言與事件、成為敘事。探索式寫作讓我們得以窺見成為敘事根基、通常沒有助益的各種假設，進而嘗試其他的替代可能。

由於我們的大腦總是忙著從自身經驗的原始素材中創生故事，基於我們本能之意義建構變得無用，也是常有之事，我們陷入反芻——再次體會惡劣經驗、反控、責難、懊悔、焦慮的無盡循環。

探索式寫作這樣的工具，可以讓我們這種大腦意義建構的習慣發揮得更有意義，而且更好玩。我們多年來運作的反芻老舊思路已經根深蒂固，而打破它們的唯一方法往往就是補強落後的速度。自由寫作——也許是探索式寫作裡最基本的工具——之所以如此強大，原因正是如此。

自由寫作

我之前在第三章的時候曾經稍微介紹了一下自由寫作是探索式寫作的基本工具之一，而現在也該好好探究並嘗鮮一下（想必你已經猜到）。自由寫作純粹就是腦袋裡想到什麼直接寫下來，不需要任何的編輯或是檢查，盡可能追上思考的速度。

它完全不需要任何評斷，無論是你自己的或是他人的都一樣，而且，如有必要，也可以跳脫文法、標點符號、任何的華麗詞藻或風格，當然也不用什麼適當或「得體」感，甚至連合情合理也不需要（不過當你回頭檢視的時候，它的合理性很可能會讓你大吃一驚）。為了寫給他人看而通常需要套用的規範，這裡完全免了，而且，你需要一點時間才能適應這種自由帶來的暈眩感。

如果你是駕駛的話，已經很習慣在馬路上開車：觀察車速，注意其他的駕駛與行人。只能沿著路面前進，而且只能依循它所允許的方向。你必須打方向燈，必須待在線道內，而且要考量其他的用路人，這就是商業寫作的運作方式。

自由寫作比較不像是在市區開車，而更像是在全世界某個最大最空曠的沙漠裡騎風箏越野車；你順風而行，想去哪一個方向都不成問題，跑多遠開多快都可以。完全沒有任何規矩，只需要讓風箏起飛、讓風勢成為你的動力：在這種狀況下，可以創造你自己的提示，然後，在時限到來之前（而且，誰知道哪時候會遇到一陣特別溫柔的微風），盡快誠實寫下來。

如果你依然還是需要證據，那麼，自由寫作的另一項超棒優點就是，它是其他寫作方式的強大暖身動作。它可以讓字句在無壓力狀態下自由流動，而且幫助你克服下筆的那種讓人癱瘓無力的恐懼。等到你明白可以靠著自己的寫作脫離任何困境，的確，那樣的寫作方法可能是擺脫困境的最佳路徑，那麼你就再也不會遇到文字工作者的瓶頸。

我的某位播客來賓，奧娜・羅斯，曾經教過我抓住自由寫作精髓的有用記憶口訣，讓我很受用：FREE 等於迅速、原初、精確，以及簡單（Fast、Raw、Exact、Easy）。

迅速寫作是唯一能夠讓我們跟上思緒、跳過內部審查的方法（只要給了一秒的機會，它就會跳出來大喊「不可以寫下**那種話！**」）而它之所以是*原初*狀態，部分原因在於我們不需要加上平常寫作時的潤飾——要是你沒有使用正確的撇號或是拼錯字都沒關係——這是要給你自己的，不是要給你的英文老師。

還有，它之所以是*原初*狀態，也是因為你會發現自己下筆的時候會覺得不自在，甚至是痛苦，你運用的都是自己不想讓英文老師看到，其實是根本不想讓任何人知道的那種言詞或是揭露的真相（你當然不會把那些字句寫在那種美美的全新筆記本裡面）。

它很*精確*，是因為它向你下戰書，千萬不能使用懶惰的概括性字詞，而是要精準描述自身體驗的細節；運用自己的五感切身投入，化諸文字。

最後，它非常*簡單*：不要有壓力或是把它弄得過於複雜；不要在事後批判自己，或是想要予以潤飾；不要擔心自己有沒有做對——這一招絕對不可能出錯。反正寫就是了，迅速，維持原初狀態，看看最後會出現什麼結果。

你可以拿出一張白紙直接進行自由寫作，這是茱莉亞・卡麥隆的建議：在她為期十二週的課程《藝術家之道》當中，「早晨之頁」是重要的練習項目之一。不過，要是你利用自由寫作當成了商業思考、而不是純粹的創意練習，那麼一開始的時候靠提示幫忙可能會比較有幫助。我已經準備好了某個提示，不過，你想到的任何問題都可以派上用場。

不論寫下多少，而且寫不出關鍵詞彙都沒關係：反正唯一的要求就是不斷寫下去，因為要是你停筆，你就會喪失那股心流。與打鍵盤相比，手寫方式可以讓你的腦袋獲得更多有效刺激，而且它也不會讓你產生幻想，以為這是這是大功告成的精雕細琢之作，或者是慫恿你一邊寫一邊進行編輯。而且，這也表示你可以畫箭頭，圈出重點，甚至開始畫畫而不是寫字（可參考第十二章有更多的探討）——這一切都在紙面上不費吹灰之力完成，而不是靠螢幕。

以下是事前警告：在一開始的前兩分鐘，甚至到了第三、四分鐘的時候，你會覺得這根本只是徒勞一場吧。那種反應相當正常，反正你繼續下去就是了。當你開始操作生效的幫浦，一開始的時候得到的也就只有污泥而已。但要是你不斷努力汲取，突然之間魔力出現，開始會有水流出來。這個過程可能得花好幾秒或是好幾分鐘，但要是你繼續寫下去，我保證你一定會遇到心靈淤泥退散，突然湧現清透閃亮之水的那一刻。

準備好了嗎？我們已經討論了夠多的理論。現在，為自己準備一大疊紙，找到原子筆或是鉛筆，進入某個可以不受打擾長達六分鐘的地方（就算在廁所也可以）。在紙頁上方寫出以下的提示，然後，設定六分鐘的時

限，無論腦中有什麼回應，直接寫下來就是了，越快越好，而這個提示：**我最強大的力量是**……

在時限到來的那一刻，回頭檢視自己剛剛潦草寫下的字跡，就會看到剛剛產生的意義建構：也許你回到過往思索自己的力量根源，或是講出它如何發揮作用的故事，不然就是往前看待未來可能要怎麼助你一臂之力。有哪些部分讓你大吃一驚？關於你所發現的一切，哪些有益處？哪些沒有？你還得深入探索的部分是什麼？對於這些見解，你可能會出現什麼回應？

如果你有時間的話（想必你已經手癢要立刻上場），你可能會想要再來一次寫作衝刺，探索上述的某個概念。

能夠坦然進行自由寫作，是培養探索式寫作練習的關鍵，而且（就和生命中的任何事物一樣），操作的次數越多，那麼你就會更加得心應手，過程也會更為流暢。

在接下來的那幾章當中，將會根據不同的適用狀況有更多自由寫作的練習機會；我們現在要把自我意義建構聚光燈從自己身上移開、轉而投射到其他人身上，尤其是那些會讓我們有點抓狂的人……

同理心

根據《柯林斯英文字典》，同理心的定義是「分擔他人的感受與情緒，宛若當成了自己的一樣[3]」。這並非只是利他主義與自我向上提升——Google的「氧氣專案」與「亞里斯多德專案」發現同理心是最高績效員工與團隊的關鍵指標之一[4]。

不過，就像是其他的珍貴事物一樣，同理心需要一些時間與關注。我們忙於關注自我需求與經驗，所以未必能夠自然而然分心注意他人——不過，要是我們願意付出，成果將會相當驚人。如果對象是你基於直覺不是很想要接近的人，那麼這種練習的效果會特別好，或者，你也可以把實驗的對象換成你想要建立更鞏固關係的某人。

同理心需要跨出想像的一大步，而意義建構的敘事面可以完滿實現這樣的功能。做一次探索式寫作，想像他人的體驗與觀點，我們可以建立連結，看到能夠轉換我們理解他人的智慧與可能性。我在這裡必須要強調，我們的理解是否必然正確，不是關鍵問題，關於其他人的感受、動機，或是經驗——我們永遠不知道答案（且讓我們坦然面對真相吧，絕大多數的時候，我們其實連自己的情緒與動機都不是很清楚，遑論是他人的呢）。這種練習的價值，就是憑藉讓自我以他人考量事物的觀點，能夠以更深厚的方式「觀察」他們，而且以更有慈悲心、更體貼的態度與對方相處；遇到棘手關係的時候，它所發揮的成效將會讓你大吃一驚。

要為同理心探索找尋有用提示，那麼就是你最近收到，而一直懸在心頭的某個訊息，或者，就算是因為某個理由而讓你一直放不下的某條評論也可以。也許你會覺得這是在下戰書，或者從某方面看來很惱人。一開始的時候，先重讀或是回憶那條訊息，然後，開始以自由寫作的方式思索它背後可能隱含了什麼。

那個人冀望求得滿足的可能是什麼？他們可能有什麼樣的恐懼與挫折？他們想要達成的可能是什麼目的？他們可能希望你做出什麼舉動或是反應？這對他們來說具有什麼重要性？要記得，你永遠無法知道確切答案，但是你可以好好運用自己的好奇探索家心態，將注意力放在他們身上，而不是自己。

等到你寫完之後，花一點時間再次閱讀並且開始反省：你今天的沉思，是否改變了你對於原始訊息的反應？如果答案是肯定的？是哪一方面？在家中與職場更頻繁套用那種同理心實驗，可能會具有什麼意義？

這種練習效果如此強大的原因之一，就是它顛覆了「歸因偏誤」——我們將他人負面行為歸咎於性格的那種傾向，舉例來說，天生的性格特質，而不是狀況，不過，我們卻經常把自身缺點推托於狀況。比方說，我們對某人態度唐突，可能會編出「那天早上我真的很忙又充滿了壓力」之類的藉口。不過，

要是有人對我們表現唐突態度，我們反而很可能會這麼想，「哇，好粗魯的人啊。」刻意採行某人的觀點，將心比心，等於我們成功應用了這種對他們有利的偏誤。這也提醒了我們，不管是哪一種狀況都有各式各樣的可能情節，這樣一來，就可以讓我們擺脫更多無益的詮釋。當你養成了習慣以更豐沛的同理心看待周邊的人，而且更樂意將他們不可理喻的惱人態度歸因於狀況因素，而不是為他們貼上粗魯、自私或是愚蠢的標籤，就能夠轉化你的人際關係。

重新架構

以上的同理心練習是重新架構的範例之一：靠著改變自己對於某一事物的看待方式，進而改變對它的想法與感受。重新架構是當代CBT（認知態度治療）的關鍵技巧，不過，它的根源卻更為悠久：誠如馬可．奧里略所言，「拒絕自己受傷的感覺，那麼傷口就會自然消失[5]。」

這是探索式寫作當中的意義建構關鍵要素：刻意探索我們自身經驗的另類詮釋。聽起來有那麼一點含糊神秘？這裡有一個你可以開始起頭的超簡單技巧：反事實。

反事實

把實際狀況幻想為違反事實的本領，是我們身而為人的巨大力量之一，它也是詛咒。當我們以反事實的方式思考，我們就會開始想像要是某件事出現了不同結局、或是我們當初採行不同的決定，那麼狀況又會變得如何？

反事實思維幾乎很少是超然客觀（這其中到底有什麼樂趣？）

我們通常會在反事實思維的兩種變體之中擇一而行：向上或是向下。

向上反事實思維想像的是有可能會出現更好的結局。它們通常會包含「要是⋯⋯」這樣的詞彙。或者，正如約翰·格林里夫·惠蒂埃更富有詩意的描繪，「對於所有的悲傷話語與文字來說，最悲傷至極的就是『本來可以⋯⋯』⑥。」

我們運用向上反事實思維的範圍從一般事物——「要是我有帶傘就好了」——乃至我們生活中最深沉的悲痛，「要是他沒有搭上那班飛機就好了。」丹尼爾·平克在他的著作《後悔的力量》當中，仔細檢視了向上反事實思維，揭露出它真的俯拾即是：悔恨，似乎是人類天性。

「要是⋯⋯」這種句子，很可能會毀了我們。我們永遠不可能會回到那一刻；想要做出當初有機會可以做出的舉動，已經為時晚矣。「要是⋯⋯」幾乎總是會讓我們產生更惡劣的感覺。而這正是丹尼爾·平克在所說的後悔的力量之含義：我們的抱憾，顯示出我們在乎的是什麼，而它們也許可以幫助我們在下一次的時候做出更好的選擇——要大聲說出來，要更勇敢，出門要記得帶傘。

另一種反事實思維是向下：「至少」。「至少雨勢不大」、「至少我對他講過我愛他。」我們想像狀況可能更糟糕，而靠著這樣的思維，會讓我們得到安慰。這一種思考方式會讓我們比較好過，但也可能會害我們對於困難的學習望之卻步。

在探索式寫作當中，這兩種反事實變體都很可能會派上用場。

我們就先以向上反事實思維進行實驗：設定一分鐘的時限，使出最快速度，寫下「要是……」的句子，越多越好。千萬不要停下來思考，不要做任何的自我檢查，不要去想它太瑣碎或是太痛苦。

要是你跟我們大多數人一樣，你最後可能會寫出一大堆的悔恨，從令人捧腹大笑到幾乎令人崩潰的都有。這些就是你拿來做接下來那兩項建議練習的原初材料：當然，你可以只做其中之一，兩項都做，或者兩項都不做，任君選擇。

第一項練習

要是／至少的二擇一模式。這是一種可以維持心理韌性快速思想實驗，如有必要，每天隨時來一次也不成問題。對於程度輕微的悔恨來說，它的效果最好，而對於比較嚴重的項目，只要保持小心翼翼的態度，效果依然卓著。選擇一項你的「要是……」陳述句，然後把它翻轉為向下反事實互補句，比方說：

「要是當初我可以檢查那封郵件之後再送出……」／「至少我沒有發給全公司……」

「要是當初我聽他們的勸告，其實他並不適合我……」／「至少我腦袋還算清楚，沒有嫁給他……」

「要是當初我可以多準備一點資金應付這狀況……」／「至少我下次不會犯那種錯誤……」

就某種層次來說，這只是簡單的語言學花招，不過它對於韌性與身心健康的貢獻卻很驚人。對，你可能會發現某些很膚淺，甚至對於那些講出這種話安慰你的人、可能會湧起一股痛扁他們的強烈衝動，不過，它們都是「實情」，而且就跟任何的「要是……」句子一樣有憑有據。而且你可能會找到的不只是寬慰，還有力量。

（注意：將這一招套用在自己身上，效果最強大。你當然要鼓勵其他人要親身嘗試自己的反事實轉換——不過，你應該不會想講出這種專有名詞——而要是其他人依然陷在「要是……」裡走不出來，而你卻硬要把「至少」塞入他們的喉嚨裡面，很可能幫不上什麼忙，搞不好還會引發重大傷害。）

第二項練習

第二項練習所涵蓋的重點是要抗拒讓自己產生更舒服感受的機會，而且要深入那種悔恨情境之中，看看是否有任何方式可以幫助你在未來做得更好。挑選一個你在開頭寫下的「要是……」句子，它可以給你什麼樣的教訓？對於現在的你來說有什麼意義？因為這樣的反思，明天可能會做出什麼樣的不同舉動？

當我誠實進入「要是……」情境的時候，我通常發覺那只是在找藉口而已，「要是我有時間……」、「要是我可以找到適當人手幫忙……」，這些「要是……」的陳述句並不是真正的後悔；它們是煙幕彈。要是我誠實面對自己，許多時候，我發現真正的問題是更深沉的層次：恐懼、或者純粹就是優先順序出了失誤。

就某種角度看來，探索式寫作的所有面向都是某種意義建構的形式。不過，這得花長長的一整章來處理，而我們接下來的冒險，值得給它一整章的空間。

第 7 章

提問冒險

提問，就是對於我們不知道答案的部分提出疑問——甚或是我們自以為很清楚答案，但我們開放重新省思的那些問題。這是好奇心自我表露的方式，正如我們在第三章所看到的一樣，好奇是探索的核心。

不過，大多數的時候，身為領導人與專家，甚或是身為教師、父母、伴侶，以及朋友，我們一直在處理答案。別人會向我們提問，汲取我們的專業與經驗。我們根據自身地位與自我形象提供有關自身專業領域的自信答案。

也就是說，問題可能很麻煩，尤其是出現在職場的時候。

當我們依然處於自己擅長的領域，知道的答案超過了問題，我們待在舒適圈裡面，工作游刃有餘。而當你付出一萬個小時的練習時間取得某項爐火純青的技術之後，要是有某個菜鳥跑來找你詢問你為什麼要那麼做的時候，你恐怕不會很開心。

而當我們討論靜態技能的時候，這的確合情合理，當學徒在第一天盯著大師製作小提琴的時候，最好直接乖乖閉嘴，而不是開口東問西問。

不過，二十一世紀的最專業技能並不是靜態。崩解變化的步調如此迅速，要是我們一直滿足於自己的答案，做的是我們一直在做的事，抱持我們一直認定不移的信念，那麼總會有那麼一天，我們醒來的時候會發現它們與我們自己已經慢慢偏離，無可挽回。有沒有解決的方法呢？找尋疑問並且進行提問吧，或者，你可能喜歡比較花俏的詞彙，那我們就說叩問好了。

你以前是發問高手。在兩歲到五歲之間，每個小孩平均會問四萬個問題[①]——他們越來越想要聽到的是解釋，而非只是事實而已（在我生小孩之前，我曾經對自己許諾，將來一定要欣然接受永無止盡的「為什麼」，我真的努力過了，但是我不會撒謊：這麼做可能相當累人）。艾莉森・葛普尼克（Alison Gopnik）針對這一點講得精采，「嬰兒與小朋友就像是人類的研發部門一樣。[2]」他們真的是無所不問。

不過，等到他們入學之後，這些問題就慢慢消失無蹤。大部分的老師傾向當發問者，但有誰能責怪他們呢？他們有必須達成的目標，還得要準備考試。大多數的教室裡並沒有什麼容納好奇心的空間，因為沒時間脫軌而行。然而這狀況卻出現了改變，至少在比較進步的學校是如此。以提問為基礎的學習方式——誘導學生提問讓他們自己找出答案已經成了流行趨勢，主要原因是它提供了更有效、更積極的方式，幫助小孩子了解並記住課程內容。至於比較年長包括了修習職業課程的那些學生，校方會鼓勵他們要積極反思，對於他們經手的專案該如何處理的問題提出回應，還有他們下一次可能會採取什麼樣的不同作為。這樣的省思可能也涵蓋了研究：這個主題的最新思潮是什麼？其他人如何解決問題？還有，這些答案又會引發什麼樣的其他問題？

不過，也不知道是怎麼一回事，不論是我們天生的童年好奇心，還是我們在正式學習環境中對於如何培養效能思考與實踐的知識，通常在大多數的辦公室當中都會被濾除殆盡。但這並不表示你不能在自己的工作場域偷渡問題，除了為你自己之外，也許也是偷偷為了你的同事。

華倫・伯格引述企業家伊藤穰一的話，認為這是二十一世紀工作的基本技能之一：

> 當我們努力想要接納某種需要我們成為終生學習者（並非只需早期學習）的全新現實，我們必須保持或是重新燃起好奇心、驚嘆感、想要嘗試新事物的傾向，還有我們在童年時期發揮得淋漓盡致的因應改變與吸收之能力。我們必須要轉化為幼態延續（幼態是描述成年時期依然保持幼小狀態的某種生物學名詞）。如果想要這麼做，我們必須重新挖掘小朋友在早期的擅長工具：問題[3]。

在你的職涯當中，要是你曾經與顧問共事，那麼一定很熟悉以提問作為某種對於自我成長的工具：好的顧問比較不會直接給你答案，反而是提出好問題，幫助你更加了解某個問題，創造自己的解決方案。

很遺憾，你沒辦法讓顧問一直待在你的辦公室，不過，只要嫻熟如何提問，把它作為探索式寫作的其中一部分，你就可以真的成為自己的顧問，白天任何時候都可以上場，要是遇到特別棘手的情況，晚上也不成問題。誠如海倫・塔柏與莎拉・艾莉絲所言，成為自己的顧問，只是意味需要培養「詢問自己問題的技巧以提高自我覺知與展開積極行動[4]。」

問題的最重要部分，當然是你到底問了什麼問題，而並非所有的問題都具有同等地位。你可能已經知道了什麼是封閉性、什麼是開放性問題：當我兒子放學回來，我詢問兒子，「今天過得還不錯吧？」我通常會得到的回應就是悶哼一聲。這也只能說是我活該──畢竟這是個爛問題。當我想到要問出更具開放性、更有趣問題的時候──比方說，「今天最酷的事是什麼？」──我就會得到比較有趣的回應。

有些問題甚至更沒有幫助：我覺得好羞慚，想起我十幾歲的時候對我媽媽大吼，「妳為什麼老是要搞砸一切？」當然，這種問題不會有答案，只是帶來了嚴重傷害而已。我們大多數人脫離青春期之後，就已經學到不要以那種態度跟別人講話，不過，也不知道為什麼，我們還是會對自己講出那種話，「我是怎麼了？」「為什麼我老是搞砸？」

正如我們在第二章看到的一樣，問題之所以如此強大的原因之一，就是當大腦面對問題的時候──無論什麼問題都一樣──本能闡述反應立刻出現，隨即開始努力想要找出答案。直覺式詮釋是一種詛咒，也可能是某種巨大力量：完全要看我們問了自己什麼問題而定。「我為什麼這麼沒用？」這種充滿毒害的問題，將會逼使你的大腦忙著去找尋某些完全沒有助益的支援證據與念頭，拚命想要回答這個問題。不過，你也可以看出它的潛力，就像是托尼．羅賓斯所說的一樣，「成功人士會提出更好的問題，所以，會得到更好的答案[5]。」

所以我們能夠如何運用探索式寫作，幫助我們向自己、向別人詢問更好的問題？這樣一來，我們就能夠得到更好、更有用的答案？

以下將提供一些概念……

市政廳

打頭陣的是被我稱之為「市政廳技巧」的構想，這是我在「卓越商管書籍俱樂部」與《The Joy of Writing Things Down》作者梅根・海耶斯會談之後獲得的心得。她說，我們覺得自己是單一意識主體（就像笛卡兒所說的「我思故我在」），而我們之所以對某種概念或情境產生了單一回應，其實通常是因為我們的內心在當下出現多重反應的結果。

換個說法好了：要是公司裡有人請你在下禮拜做一場重要簡報，你問自己，「我對這件事有什麼感覺？」你的當下反應可能是「超慘！真可怕！我該怎麼擺脫啊?!」但要是你再稍微仔細觀察，更了解詢問自己的問題之後，你可能會發現其實還有更多部分。某部分的你可能會覺得有點興奮，很好奇這會是什麼樣的體驗，甚至還有某個部分的你已經悄悄開始計畫該如何建構自己的想法，我們就是心理學家所稱之為的「複數自我之社會」：

等到我們進入對話與練習，我們就會發現心中有諸多角色，而我們的職責就是進行整合，我們是將所有聲音統整為一的執行長，如果你想要把它稱之為某種市政廳會議也可以……等到你開始專注聆聽這些不同的聲音，我想，寫作在這裡可以真的幫我們一個大忙，然後你會發現自己能夠找出更具有創意的解決方案[6]。

嚴重的負面情緒往往會淹沒比較溫和、比較好奇，或是深思熟慮的聲音，不過，只要抱持更具有整體性的自我探問，我們就能夠發現與探索這一類的其他視角。

當我為了自己複雜混亂的內在喧譁舉行一場市政廳會議的時候，我一開始會把舞臺讓給最吵鬧的那一個——通常是恐懼。它態度強硬，一定要別人聽到它的聲音，所以在它講話之前、注意其他事物自然沒有意義，而且，通常在不需要任何提示的狀況下，恐懼自己就會發聲。通常只要讓它大吼大叫，直到氣力放盡，就可以看出我自己有多麼懦弱／無能為力。不過，之後就會出現魔法：我邀請內心自我的其他持股人登場，恐懼搖搖晃晃走下去，精疲力竭，接下來出現的我的內心研究員，它對於要如何進行下去自有一些想法，所以我就開口提問了，「**你**怎麼想呢？」

嘗試為自己開一個市政廳會議。想像自己要面臨某個令你焦慮、或者是覺得自己無法掌控的處境，寫下類似「討論X主題的市政廳會議」的提示，讓你自己的直覺反應先開口（你會把它稱之為什麼？恐懼？內在評論者？還是別的？）等到它講完之後，邀請其他比較溫和的聲音發言，你開口詢問，「**你**對這件事有什麼意見？」以下是一些建議人選：

- 研究員
- 孩童
- 父母
- 老師
- 經理人
- 造反者
- 藝術家
- 探索家
- 未來的你（稍後說明）

在這樣的寫作過程當中，你可能會得到更多的靈感！

光是發現到多重自我這一點，就會令人出奇舒暢。正如同惠特曼大剌剌的宣示一樣，「我自相矛盾嗎？很好，我就是自相矛盾（我心寬廣，海納百川）[7]。」

無論我們發現了多少的內在聲音，它們依然都是我們自我的所有基本面向。正如同你所預期的一樣，探索式寫作其實是一種單人遊戲，但那並不表示我們不能找其他人進來，即便他們不知道我們在做什麼也一樣；其實，詢問不在場他人的意見，是一種能夠讓我們脫離認知窠臼的超有效心理技巧。

詢問他人意見

我們生活在一個可以利用多重方式得到他人心智內容的世界：靠書本、部落格、TED演講、文章、直播短片以及其他之種種。不要只是單純消化這些內容，我們何不採取以詢問為本的途徑，將那名作者或是講者轉化為你的私人顧問？而他們卻根本渾然不知？

這是一種很好玩的練習。一開始的時候，選定你特別鍾愛的某個來源——比方說，你最近發現很實用或是發人深省的某本書、某段影片或是某篇文章。來一次六分鐘的探索式寫作衝刺，你需要把焦點集中在某個簡短段

落，但這是以更為悠閒、更能夠持續下去之步調面對優質內容的技巧。

在你的紙面中間劃一條直線，左上方寫下作者或是講者的名字。然後，不要像平常一樣設定六分鐘的時間，我建議你一開始設定三分鐘就好。在前三分鐘的時候，專注在你找到的那個來源，當你閱讀或聆聽的時候，在第一個欄位寫下任何可能讓你覺得重要的內容（把自己當成了學生，等一下你得要交出一篇有關這主題的作文）。

時間一到，你的左側欄位應該至少有一、兩項重點——截至目前為之，都屬於正常範圍，你可能已經在千場演講或是會議做過這樣的事了。不過，我們現在要在那個第二號欄位套用一些問題，原本只是概念的純粹消化，現在要轉化為積極共創。

有了自己挖掘而出的觀察之後，你可能對於自己想進行的計劃產生了一些想法，現在你打算趁心中冒出新鮮念頭進行一場探索式寫作，想要停止閱讀，隨時都不成問題，不過，要是你想要提示，我會建議你寫下一個簡單但深奧的問題，在第二欄的頂端註明「這對我來說有什麼意義？」，然後，在接下來的三分鐘（要是可以的話，更久也可以），想像一下你坐在這位講者或是作家的身邊，他們直接一對一指導你，他們剛剛提出的觀點要如何套用在你身上？

他們會對你面臨的處境提供什麼建議？

當然，你不可能完全知道他們會說什麼，不過，光是以想像的方式沉浸在這樣的對話、採納他們的觀點，你就可以跳脫自我視角，讓自己敞開心胸面對全新的概念，魔法就在這一刻發生了。

詢問未來的自己

運用探索式寫作，可以讓偉大優秀的人在他們毫不知情的狀況下成為我們的顧問，我們也可以運用這個方法接觸某個可能更強大的導師：未來的自我。

如果你是哈利波特的書迷，一定會記得哈利進行時光之旅，站在湖邊望著過往自己被催狂魔襲擊的場景。他等到自己的父親現身，召喚出他知道能夠救自己一命的護法咒語，然後，他突然驚覺：當他遭受攻擊的時候，在湖的對岸看到的朦朧身影，並不是他父親，救他一命的不是他爸爸——而是他自己。他念咒，拯救了自己，當榮恩問他怎麼辦到的時候，他的回答是，「我知道我可以……因為我已經做到了[8]。」

這就跟時光旅行小說一樣，令人摸不著頭緒，不過，話說回來，它也跟最好的小說一樣，似乎是千真萬確。就算你不是哈利波特迷，當我提到未來的你具有為現在的你培力之超強能量，一定要相信我。

如果現在的你因為某件事卡關，現在的你不太可能會突然想出答案。因為要是真的有那麼容易，你也不會陷在其中。但未來的你呢？未來的你解決了這個問題——你需要詢問的只是該怎麼辦而已。

所以，沒錯，這是一種欺心術，但效果奇佳。它在其他方面也同樣奏效：你可以詢問未來的自己，有關他們的——其實是你們的——習慣、人際關係、日常生活、優先順序，以及成就等等。

這個技巧運用的是你已經很嫻熟的關鍵技能，包括了自由寫作、同理心、提問，再加上一個全新的部分，強大視覺化心理學工具，它接觸的是想像而非現實之真相，但是仍然相當好用[9]。

這個練習有兩大關鍵：第一是要讓你自己接觸到那個**適當的**未來自我，實現了你最高潛力與目標的那一個。要是你打算從日後的自我得到注意，自然要挑選那個產生最多教誨的自我版本。

第二點是你要在練習的那段時間當中，「成為」未來的自我，而不是把未來自我想成了「他者」。所以，你在動筆的時候，要運用現在式去指稱你想要造訪的未來時段，不論是距離現在的一、二、五，或是二十年都一樣，要以過去式講出自己當下面臨的挑戰，宛若把它當成了已經克服的過往。

雖然你可以用冷靜的方式進行練習，不過，要是能夠閉上雙眼，聆聽一段引導式的視覺化內容，將會讓你立刻得到莫大的幫助。或者，純粹就是自己觀看，然後花個幾分鐘的時間，想像未來自我的畫面，然後再下筆。

一開始的時候，慢慢深呼吸……然後安靜完整吐氣。如有必要，繼續重複，直到你覺得自己精神變得平靜徐緩，已經準備好可以開始為止。

現在，想像你站在某間房子的前面，你之前從來沒有看過的房子，不過，當你一看到它，你知道這就是未來自我的全然幸福之住地。花一點時間，仔細觀察它：你注意到了什麼？它在哪裡？你周邊有什麼？你聽到了什麼？感覺到什麼？又聞到了什麼氣味？當你走向那棟房子大門準備敲門的時候，享受這些感官印象。過了幾秒鐘之後，大門打開，你與未來自我面對面，對方朝你微笑，流露讚美與愛意。你忍不住回笑，因為能夠看到自己如此自在，真是太好了。你注意到自己的什麼細節？穿著？元氣？還是站立的姿態？你們一起進入屋內，坐在窗邊。你知道你可以向未來的自我詢問任何問題，而對方將會誠實作答，而且充滿憐惜與愛。你可以詢問對方是怎麼克服自己正面臨的困境，或是之所以能過著現在這種生活的關鍵改變是什麼？當你凝視對方，此時此刻的你最希望從他們身上知道什麼？就讓自己好好想出那個適當的問題。

在你的紙面頂端寫下詢問未來自我的問題，設定六分鐘的時限，然後以自由寫作的方式回應這個問題，讓未來的自我自行發聲，以他們的觀點進行答覆。

與你截至目前接受的其他任務相比，它需要更多感情投入，所以等到你完成之後，花一點時間觀察自己的狀態。與未來的自己相遇是什麼感覺？看到未來自我最讓你震撼的是什麼？而對於現在的你來說又具有什麼意義？今天的你可以採取什麼行動？能夠讓你自己更接近那個未來自我的形象？有沒有什麼事情是你必須要戒斷，才能夠給予你空間、成為那樣的人？

還要記得這一點，想要找到未來的你，永遠不成問題——每當你覺得資源不足，一定可以找到資源充沛的自我版本，獲取他們（其實是你自己）的力量與智慧。

最後，除了挖掘出效果越來越強大的答案之外，我們也可以運用以問題為根基的探索式寫作、挖掘出越來越有意思的問題。

問題激盪

有一個好玩又有效的提問實驗，就是翻轉眾人皆知的腦力激盪的概念：不要為了答案／解決方案而拚命想出各種創意，數量越多越好，而是要挑戰自我，努力想出與自己關注主題有關的問題，越多越好。領導力與創新專家赫爾．葛雷傑爾森有次參與研討會的時候，與某個死氣沉沉的小組一起共事，因而意外發現了這個技巧，隨後發展出一套被他稱之為「問題爆發」的方法論。他認為這主要是有引導者帶領的某種團體活動，這當然是選項之一，不過，身為探索式寫作的文字工作者，這也是你只靠著白紙與計時器提供自己所需架構的時候，能夠獨自運用的技巧。

專注的是問題，而不是答案，感覺出奇暢快：當你只能想出問題，完全沒必要講出答案的時候，這個過程感覺既好玩又毫無任何壓力。誠如葛雷傑爾森所言，「為了問題，並非為了答案而生的腦力激盪，讓我們拋下認知偏誤，冒險進入未知領域就變得更加容易了[10]。」

由於以問題為根基的探索式寫作通常是以問題起頭，然後繼續探索可能的答案，所以問題激盪一開始都是以某個刺激性陳述句作為問題生成的跳板。我在這部分的經驗是不需要花太多時間精力處理這個一開始的挑釁句，只要它能夠抓出你當下的某個問題，就已經足以成為你的冒險起點。

以下是我與其他人在過往曾經使用過的挑釁句：

- 「這間公司與競爭同業完全看不出區辨性。」
- 「明年我們必須要增加百分之五十的收入。」
- 「我們的內容行銷策略出現疲態，沒有效果。」

就像是傳統的腦力激盪一樣，問題會接二連三而來，而且問題類型完全不會有任何限制。

來吧，想出一個給你自己的挑釁句——或者，上述例句要是覺得堪用，直接套用無妨。設定六分鐘的時限，盡量想出與挑釁句相關的問題，越多越好。你的問題可能從深奧的哲學層次（「成功的意義到底是什麼？」），乃至直接了當的策略面（「我要搞定的話需要什麼軟體？」），以及介於這兩個極端之間的種種問題。

時限一到，你可以選擇稍事休息，然後，要是還有把握的話，可以再來一次衝刺，或是直接審視手邊的問題，進入到下一個階段：過濾與篩選。

如有必要，這可能意味你必須要限縮或是擴大某些問題（比方說，「究竟成功代表了什麼意義？」也許縮小為「這種狀況的關鍵成功因素是什麼？」，而「我要搞定的話需要什麼軟體？」可能還需要另一個比較開放性的問題，比方說，「我們的系統依然適合嗎？」），當然，無論你覺得有多麼痛苦，但這一定會牽涉到各項問題的優先排序。

努力找出你覺得最重要的三個問題，然後以此作為比較傳統的探索式寫作衝刺之提示，準備想出解答。

雖然我們一直關注的重點是把探問當成探索式寫作的某項工具，但它的功能遠遠不止於此。當你在進行自己的探索式寫作練習的時候，將會開始發現這種無拘無束好奇探問的優點，我希望你也可以開始在生活與職場多加運用[11]。

由於好的問題可以幫助我們以不同角度進行思考，所以提問相當接近創造力，而這正是我們下一段冒險的主題。

第 8 章

好玩冒險

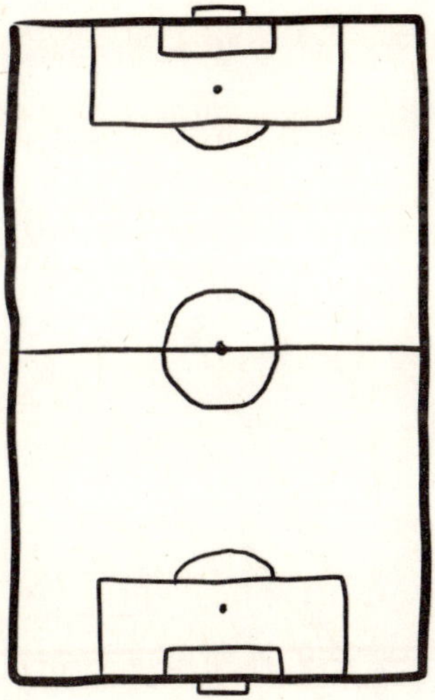

還記得上一章出現的那個偉大字詞「幼態延續」嗎？它的意思是「在成人期依然保有孩童的特質」（這樣一來你就不需要往前翻了），而伊藤穰一特別以它指稱持續發問的重要性，我們小時候可以無拘無束提問，長大之後就喪失了這種能力。

小孩的另一項特質是他們自然而然的創造力，就是這樣的生嫩與缺乏經驗，引發他們動不動就問出老練成人視為理所當然的問題，因而讓小孩子看待事物……產生了不一樣的角度。

當我孩子還相當小的時候，聽到他的小學老師向他們介紹哲學，讓我很開心，我問了他課程內容。

「我們在討論蘋果。」

「蘋果？」

「對，我們得要把它們分類。嗯，像是真正的蘋果，然後是蘋果的照片，手畫的蘋果，然後，是『蘋果』這個字詞，接下來是隱形蘋果……」

我心想，真了不起；他們在向學生們介紹柏拉圖的「理型論」，「為什麼蘋果會隱形？」

「因為我吃掉了。」

「哦。」

這種完全不眨眼接納各種新概念，而且帶著它們恣意亂跑的能力，是小朋友最可愛的特質之一，不過，在全新概念與陌生難題接踵而來的二十一世紀工作場域，它也是必備技能之一。

如同我們在第五章提到的動力、目標，以及專注力一樣，我相信職場上有三項獨特卻彼此相關的好玩原則，非常適合以探索式寫作進行接觸：創造力、原創性，以及解決難題。

創造力意指面對某種狀況的時候另闢蹊徑（可能是採取另一個領域的現存知識，然後挪用到另一個領域）；原創性側重的是想出與現存事物具有本質差異的概念；而解決難題純粹就是要特別運用創造力與原創性拿來……嗯，解決某個問題。

我們接下來就逐一仔細探討一下，看看探索式寫作要如何幫助我們培養這些特質。

創造力

不過就在三十年前，創意思考幾乎只是某個特定族群的專屬領域，我們以前會稱其為創意產業。而如果你並非其中的一員──媒體、行銷、設計等行業──那麼你很可能會把自己的創造力留到週末的美術課，平日照常工作，真是感謝你。

現在，創意思考並非是天選之人的特權；這是組織中各種層級的每一個人的關鍵技能。對於那些之前未曾想到自己是創意人士，不確定自己有多少能耐的人來說，是相當沉重的要求。

探索式寫作正好派上用場，因為它是可以讓我們學習「發揮創意」的安全空間，幫助我們培養心理韌力與樂趣，幫助我們建立以全新目光看待狀況，培養原創概念與解決方案的自信。

在某場有史以來最受歡迎的TED演講當中，講者肯．羅賓遜爵士表示創造力的重要性就與讀寫能力一樣重要①。他認為學校與職場對失誤污名化，因而壓抑了創造力：根據他的解釋，要是你害怕出錯，那麼你永遠不可能會產生任何原創的構想。其實，探索式寫作營造出一個玩得過癮、天馬行空出錯卻不需要受到任何處罰的空間——要是換作在學校或是職場，我們大多數人都無法得到那種空間，而這也大大增加了我們想出某些有趣事物的機率。

創造力的基礎經常是連結性——兩種概念互相碰撞，擦出火花，讓我們產生全新視角、智慧，或是思維。正如我們在第二章中所看到的一樣，我們通常會利用制式模組藉以努力向大眾傳達我們想要表達的概念，為了方便利用與修正，一切構想都井然有序，這種方式降低了創意碰撞的可能性。不過，在我們混亂打轉、充滿自由聯想的大腦當中，魔法正等待現身：我們只需要一枝速度夠快的筆、白紙的足夠空間，就可以及時抓住那些似乎是隨機出現的關聯——如果它們真的有關聯的話——這樣一來，我們就可以好好想一下要如何處理。

如果你跟我一樣，是那種一聽到有人大喊「有創意一點好不好！」，就會因為恐慌而腦袋打結的人，那麼我們接下來的練習就是要從側面、從後面到前面思考主題，重點是要解放自我，可以玩得過癮、天馬行空出錯。找出一個現在你在職場或家中面臨的挑戰，先不要去苦思該如何以創意之道解決，而是要給你自己六分鐘的自由寫作時間，想

出最荒誕不經的概念讓它徹底潰敗。比方說，要是你被交付的是一場全新的行銷活動，那麼什麼樣的圖像或金句會害你的潛在客戶逃之夭夭？開心下場吧；要怎麼惡搞都可以，享受完全不需要受到任何壓抑的無政府狀態玩樂。

等到你大功告成之後，仔細看看到底想出了什麼。當然，絕大多數都是無可救藥的垃圾，真的沒關係。不過，你要花一點時間想一想這些糟糕念頭的反面可能是什麼：也許靠著逆向思考，可能會得到靈感，正好發現某個值得繼續研究的有趣觀點。

（要是沒有的話，至少也玩了一次遊戲。）

原創性

在一個討論創造力與原創性更甚以往的年代，「從別人身上「汲取靈感」（也就是「抄襲」）的機率卻相當驚人，實在諷刺。

試想你的工作是要為某項新產品創設登錄頁面？你的第一個直覺是什麼？

要是你跟我們大多數人一樣，你一開始就會靠Google。是否有什麼可以讓你「借用」的創意？其他完成類似任務的人都怎麼處理？有沒有「可畫」平台的模板？畢竟，無謂重複沒有意義，對吧？

不過，要是我們永遠以找尋周邊現成事物的方式作為起點，就等於吸納了別人的重點、風格、限制，以及假設，完全沒有自己的東西。

當你拿到某人的成果當成自己的起點的時候，它的確會限縮你的思考範圍。所有的便宜貨買家都知道「定錨」的認知偏誤：開口就是狠殺的超低價，無論賣家怎麼抗議，現在這已經成了討價還價的標準。參考點已定，成為剩餘買賣往來過程之基調。

當你根據他人的思維作為自身概念基礎的時候，幾乎也是相同狀況。你可能會因應自身需要更動或是改編內容，但最後一定會與你自己一開始自己著手所得到的成果大不相同。

（「當然啊，」你可能會這麼說，「但它的速度就是稍微快一點，而且說不定效果更好。」）

幸好，靠著探索式寫作，的確有可能兼顧兩者之精華。

☐ 思索一下，當你需要產生哪些內容的時候會在網路上尋找資料：簡報、報告、職缺說明、飲食計劃。先別按下搜尋鍵，暫停一下。你應該先拿起記事本與筆，花六分鐘左右的時間，針對你想要達成的目標，進行自由寫作。對象是誰？他們需要什麼？最重要的結果是什麼？要如何

運用綜合自身技巧、經驗，以及興趣的獨特特質完成任務？

等到你完成這一次探索式寫作衝刺之後，如果依然有需要，當然可以開始使用Google，沒問題。現在的你有了更好的利基，當你發現到適當起點的時候，一眼就可以看出來，而且，為了符合**你自己**的目標更動它，效果也會更好。

解決難題

擁有創造力與原創性是如此強大的人生技能，原因之一就是它們是解決問題的關鍵工具。某件事成了問題，隱含的其實是你的過往或直覺方式已經行不通，你需要嘗試新事物，意義建構與重新架構（第六章）以及提問（第七章）都是處理問題的好用工具，不過，還有其他更特殊的方式，而探索式寫作也可以作為支援工具，相信你一定也覺得沒什麼好意外的。

首先，我必須要發表一段免責聲明：解決問題，尤其是在工作場合，遇到大問題，絕對非同小可。有許多不同的理論與多重步驟的系統方法，而六分鐘探索式寫作衝刺的功能顯然不是要取代以上方案，不過，就像是挖掘大多數的洞不需出動挖土機一樣，絕大多數的問題，也不必仰賴一整套方法論加上配合軟體。

也就是說，將這些理論的基本原則謹記於心，絕對有其價值。我曾經在某一商管碩士寄宿課程教導創意、創新，以及改變（這超好玩；能有多少機會可以拿人薪水，幫助高階主管挖掘手指作畫的意義？），而它的重點就是要以結構性方式尋找創意的解決難題之道，流程差不多如下所示：

一、明確表達問題：卯足全力了解它，確認它**的確就是**你需要解決的問題，（問題探索階段：呈現問題之後，發覺它其實只不過是某種症狀，甚或根本完全不是問題，這種結果次數之多一定會讓你大吃一驚）。
二、產出許多的可能解決方案（創意思考階段）。
三、評估選項，找出你打算要的（那些）方案（批判思考階段）。
四、實踐（執行階段）。

如果你沒有把那一套流程的主要形式牢記在心，那麼很容易就會自動把狀況窄化為更簡單狹隘的理路：

一、想出某個可能的解決方案。
二、實踐

當然，這種方式也許行得通，但機率不高。

來試驗一下。想出一個你現在企圖解決，相對來說比較直接了當的問題，（不要太過棘手或是牽扯哲學層次——要記得，這是日常魔法，我們目前還在學習），專注的不是有哪些可能的解決方案，而是探索問題本身。

「為什麼？」是遇到這種狀況時的好用工具：你可以逆流追索隱藏的成因（「為什麼會發生這種狀況？」），或者是順流專注研究後果（「為什麼會出現這樣的問題？），或者，如果你想要兼顧兩者也沒關係。當你想出了隱藏的成因或是後果的時候，再次詢問自己「為什麼？」，看看會出現什麼狀況（也許你已經很熟悉這種技巧：它在商業界就是著名的「五大為什麼」，不過，與學齡前孩童對話的時候，很可能也會遇到一連串的為什麼）。

逆流而上關心隱藏成因，你可能會發現**真正的**問題未必是你以為必須要解決的那一個：而順流研究後果，可以幫助你找到這些緩解或是消除這些問題的方式。搞不好你甚至會發現，你原本覺得的問題根本完全不是問題；它只是某種讓你看了不爽的事物而已。而解決的最佳途徑通常就是再也不要讓它激怒你。

這三大超級有用的好玩面向——創造力、原創性，以及解決難題——你的探索式寫作工具箱當中的某個重要額外強大工具，可以讓它們如虎添翼：也就是隱喻。

這正是我們下一段冒險要探討的主題……

第 9 章

轉換冒險

隱喻，是意義建構的其中一部分，我們一定會忍不住去使用它（好，我剛剛就使用了個隱喻，我覺得心安理得）。「隱喻」其實就是藉由某一事物、替換另一事物的泛稱用詞。在這樣的空間之中，可能會有你熟悉的其他運用字詞。比方說，「生命宛若一盒巧克力」，直喻，就是某種特殊類型的隱喻——它們直接陳述了有某種相似之處，而不是說「生命就是一盒巧克力」。類比是一種刻意運用的隱喻：以其他事物解釋某種事物（我們會在第十三章當中進一步探究更多細節）。不過，我們對於自己多數的隱喻大多渾然不覺，它們深藏在我們的語言與思維之中，所以我們幾乎根本看不到，不過，要是少了它，幾乎就無法建構任何句子（哦我又來了：剛剛使用了挖掘／建構還有一個視覺化用語，而我根本還沒有開始認真使用隱喻呢。）

我們對於隱喻的依賴，也就表示只要我們學會如何運用它們，而不是讓它們與我們為敵，自然就可以讓它們成為心靈魔法的強大工具。

管理隱喻

我們會運用隱喻，因為它們就是我們大腦的運作之道——我們發現以我們所知與體驗的事物進行思考就容易多了，靠著我們充分明瞭以及我們能夠表達的部分，我們就能夠接觸我們自己不知的領域，表達出我們無法傳達的感受。

這是一種認知優點，但是依附隱喻也必須付出認知成本：我們很容易就忘記隱喻其實並不是事物本身。要是我們刻意小心運用，它們可以幫助我們發揮更多創意與解決問題，而且還能夠讓我們以更有效率的方式向他人溝通概念。不過，要是我們不注意的話，它們很可能會害我們犯錯，以下就是隱喻對我們不利的三大面向：

一、它們會產生沒有助益的情緒

我永遠忘不了某名女子提到自己工作狀況的時候、差點哭出來的那個畫面。她告訴我，她覺得自己像是「在表演轉盤子」，我可以聽出她聲音裡的驚慌恐懼，總有那麼一天——過沒多久之後——其中某個盤子就會落地碎裂。難怪她充滿壓力，就這樣度過一整天，真是浪費！我請她想一想，她的工作牽涉到這麼多不同又彼此競爭的優先順序，是否能夠運用其他隱喻反映出這一點？我們進行實驗，把她的工作當成了一條織錦，以不同的色線在不同的時間串成了全幅圖畫，看到這幅全新的圖像轉化她的情感狀態的整個過程，真叫人歎為觀止。這樣的隱喻會讓人心情比較平靜，更具有創意，而且也更富有意義，當她的想像開始成形的時候，也可以看得出她心情明顯開始放鬆。

二、它們會引發衝突

要是你對於身為組織一員的概念是基於家庭隱喻，成員彼此扶持，關鍵價值是信任、接納，以及歸屬，那麼不久之後，你就會發現自己與套用精英運動團隊作為隱喻、也就是只重視當下成績不看以往的某人發生衝突。除非每一個人都了解他人心中隱含的思維隱喻，否則這樣的衝突一定會浮出檯面，形成僵局。

三、它們會限制我們找尋解決方案的能力

保羅・第博多與雷拉・博羅迪斯基在二〇一一年所主持的著名研究，讓我們看到隱喻如何限制了人們對於問題的思維模式，而他們卻渾然不覺①。他們進行了一項討論都市犯罪的實驗，兩組研究受試者團體使用的是不同的結構隱喻：針對其中一組，犯罪被描述為某種害全市遭到感染的疾病，而針對第二組，他們把它描繪為對城市虎視眈眈的野獸，然後，他們請受試者提出解方。而他們發現受試者在自己完全不知的狀態下，使用了他們之前所給予的隱喻，提出的解方完全反映了那樣的結構。以病毒角度討論犯罪的那一組，提供的是診斷／治療／預防接種的方式，而接收掠食動物概念的那一組，運用的卻是捕捉／強制／處罰的邏輯。

探索式寫作可以幫助我們對於日常使用之隱喻更具有覺察力、更加小心翼翼，而且會更注意使用隱喻，這樣一來，就能夠讓它發揮更強大的功能。

不過，在我們善加利用隱喻進行探索式寫作之前，第一步必須要好好認識它們。

挖掘隱喻

這是一種開啟你隱喻雷達（哦哦又是隱喻）的有用練習，你可以因此看到在你根本渾然不覺的狀態下，它們對你的態度與行為產生什麼影響。

展開這項練習的最好方式，就是檢視你最近的探索式寫作衝刺內容，尤其是遇到艱困環境時的意義建構主題。如果你已經把所有的過往衝刺文字丟入垃圾桶／碎紙機／燒毀，那麼設下六分鐘的時限，現在，回頭看看你寫下了什麼，挑出自己所使用的所有隱喻。要記得，乍看之下可能會躲在某處——你要毫不留情，把每一個含義非字面意義的詞彙全部揪出來，數量之多很可能會超過你的想像。你注意到了什麼？是不是有哪個主導性的隱喻？哪一個讓你覺得最有趣？它們對你有幫助嗎？還是沒有？它們可能會對你的思維、形構你的行為造成什麼限制？它們的來源可能是哪裡？

以下是某個經常會出現的例子，可以幫助你著手：

> 我的工作害我心力耗竭。沒時間坐下來思考我想要什麼；只是一直不停做出即時反應，充當救火隊。只要有人走到我的辦公桌前面，我馬上就有心理準備，因

為我知道他們馬上就要把其他事情扔給我，我也就必須在同一時間處理各種狀況。真的好累，而我的同事們似乎也並不重視我面對的困境，一直火上加油。我老闆更糟糕——他不但根本不了解我四處奔忙卻依然一籌莫展，而且還不斷訓斥有關「大局思維」與「個人發展」——這對他來說不成問題，他坐在船長室裡面，而我們卻在引擎室當中拚命流汗——當遇到要真正幹活的時候，是誰花時間搞定一切？

這裡出現了許多隱喻，傳達出某種恐慌、崩潰的心靈狀態：心力耗竭（暗示有貪食怪獸）；想要滅火而其他人卻火上加油；四處奔忙但是卻毫無進展，想像老闆既是傳教士又是待在豪華艙室裡的船長；還有，在充滿幽閉感的引擎室裡面流汗不止……

你覺得這些心靈印象如何形塑了這位作者的情緒狀態呢？對其工作、與老闆和同事的關係可能會產生什麼衝擊？

的確，這有點像是一場隱喻暴動，不過，跟大家在研討會時與我分享的反應相比，其實也不是天差地遠。而最有趣的就是絕大多數的人都不知道他們一開始的時候使用了這些隱喻，發覺它們可能會對他們在職場的反應、情緒、關係，以及行為態度產生什麼影響的時候，感到相當驚愕。

等到你發現自己會在渾然不覺的狀態下運用隱喻，你就可以基於自我意識改變它們。就像是那個一直覺得自己在表演轉盤子的女子一樣，決定改以責任之不同色線營造一幅織錦的方式、看待自己的工作，自己在底下忙得滿頭大汗、老闆卻在船長室裡閒晃，你也許可以放下這樣的念頭，把大家當成一同與你划槳的舵手，這樣會更具有建設性。如此一來，會改變他們的行為嗎？不會有直接效果，不過，這會改變你的態度，進而改變你的行為，最終將會改變別人對你的行為。

等到你完成自己的練習之後，大體而言，你將會發現自己會與隱喻更加合拍（看，又是另一個隱喻）。而且更能夠在他人的話語中發現它們的存在，就像是看待自己的一樣。換言之，你具備了更強的理解力、明白這些看待世界的方式如何形塑了他們的經驗與態度。下一次，當你與某人談到充滿挑戰的事物，或是收到棘手的電子郵件，那就開始仔細查證：找出當中使用的隱喻，思索它們可能如何影響了對於當下處境的感覺（你也可以把它當成在先前第六章同理心練習的某種變體）。

挖掘出使用中的隱喻是一件事：而找尋全新、更有意義的隱喻完全是另一項技能。我最喜歡的方式之一——部分靠有用的認知練習，部分靠派對餘興手法——這就是強迫式隱喻。

強迫式隱喻

這真的就是我所知道的最威猛、活力四射的魔法創意技能之一，要是你能夠把它放入隨身行囊當中，只要你下筆，或是找尋難題的解決方案，永遠不會卡關。我們大腦忍不住在最不可能的區域創造模式與找尋連結性、產生意義建構的刺激，成了強迫式隱喻的根基。

這與其他狀況的差異，在於我們的大腦沒有顯而易見的故事情節；它必須要絞盡腦汁，想出充滿創意的認知跳躍，在隱約的事物之間找尋連結，所以意義建構就會成為從頭到尾充滿自我意識的過程。

要是你和我坐在一起，能夠親自做這項練習——很棒吧是不是？——我的要求很簡單，請你到外頭走一走、為我帶回三樣東西。它們可能是你回到這個房間的時候、拿在手上的真實物品，或者可能是你在途中看到了什麼、回來時告知我的事物。所以舉例來說，你可能會給我的是橡實、空空如也的洋芋片包裝袋、從頭上經過的飛機（我知道這根本不是雪萊與濟慈等級的東西，但請容忍我一下）。

如果你有時間與意願，那麼千萬現在就去做——到外頭散步，帶回三樣東西，它們可以是放置在自己書桌上面的物品，或者，如果是不適合進入室內的東西，可以在某張便利貼寫出名稱或是畫出來。如果你可以走到戶外，就去吧：光是新鮮空氣與大自然，你就會發現自己的元氣與創造力大受鼓舞。不過，要是你現在無法到外頭，那麼只需要張望一下目前身處的空間，找出三個吸引你目光的物品。

發現了你的三樣東西了嗎？很好。

在這項練習當中，我們將要探索這些物品如何散發出隱喻之光、投射到你所面臨的難題。所以，這是最後一步：挑選一個你需要全新觀點的現存問題或是困境。可能是棘手的人際關係，資源或是結構問題，什麼都有可能。

好，我知道你八成盯著自己的物品在納悶——真的嗎？不過，這就是重點：現在沒有顯而易見的相似之處，所以你真的得要花一番功夫找出連結性。當你發現的時候，你會又驚又喜，它們將會讓你看到前所未見的事物——吾友，而它呢，就是隱喻的力量。

布萊恩．伊諾提出了美妙的詮釋，「要是你想要抵達截然不同的終點，那麼不妨從截然不同的起點開始②。」我們在這裡所做的一切，賦予你的開始是天壤之別，而它將會讓你的大腦發生神奇改變。

第一次做這個練習的人，通常都會擔憂：他們看不出它要如何發揮效果，而且他們不想要「失敗」。不過，千萬要記得，它的威力並不在於你找到的物件有「多好」，甚或是自己多麼有創意，純粹就是你大腦的運作方式而已。我們已經提過直覺式詮釋，對於任何問題忍不住就會生出答案的心理反應，我們天生創造意義、透過意義建構製造連結的方式。我們現在仰賴的重點是這兩大神經刺激，而不是你自己的聰明才智。自由寫作衝刺的速度，也就意味你無法過度思考：它可以讓你擺脫自我束縛，讓你的大腦順利完成任務。

所以，就設定你的時間，仔細觀看你隨機選擇的三項物品：這一次衝刺的提示就只是「X類似Y，因為……」X是佔據你心中的某個困局或是難題，而Y是你找到的其中某個物件。要是你的第一個東西就讓你文思泉湧，那就安心直接寫下去，寫滿六分鐘之後再收手；如果陷入困難，那就輪流嘗試每一個物品，只要一找到小小的立足點，就可以立刻開始——只需要運用自己的判斷力，只要每個物件能夠發揮功效，那就儘量寫下去，然後，等到適當時機再次到來，準備做下一次的練習。

要記得，不會有人評斷你的這項任務表現有多麼「優異」。要是這一招對你完全不奏效，嘿，你也只不過浪費了一天當中的六分鐘而已。但是我非常有信心，最後結果一定會讓你大吃一驚，在這個貌似完全沒有任何希望的前提之中，至少會得到一、兩項重要創見。

當我在撰寫這個段落的時候，我自己又乖乖做了一次練習。我剛從運河邊慢跑回來，以「搭乘窄船遊航」當成了我的其中一個提示，而我目前的問題是招募新血。雖然我很熟練這個技巧，但是在一開始的時候，我依然不確定自己是否做出了不當選擇。在一開始的那一分鐘左右，我根本看不出有任何關聯，我這次有點詞窮了。接下來，突然靈光乍現，我發現自己寫下了這段話：

> 好，重點就是要讓一切都找到地方，因為完全沒有雜亂無序的空間，這就有點像是寫下一切，予以系統化，因為它已經不再只是我腦中的念頭……

而之後呢：

> 當你搭乘展窄船航行，必須要非常注意旅伴是誰，因為他們必須擅長操作繩索，遇到水閘時能夠幫忙，還有，你必須在秘密空間裡與其共處，所以他們的態度相當重要——我要怎麼把那一點納入職缺描述之中？

這兩大觀點意義非凡，而且很受用。它總是效果很好——你只需要保持開放好玩的態度，相信這整個過程！

我鼓勵各位要嘗試一下這種花招——而且有好幾次感覺的

確像是在耍花招一樣——當然，部分理由是因為它幫助你想出了當下問題的創意解方，但也因為它可以建立你只要有需要、隨時能夠以自身能力進行跳脫窠臼思考的信心。你不需要坐在那裡等待適當隱喻以完整型態現身。反而就從自己身處的境地作為起點，手邊有什麼能夠觸發想像力的東西就直接上場。知道自己其實可以在短暫片刻過後、立刻無中生有激發靈感，這等於是你的一劑巨量信心強心針。

截至目前為止，我們關注的都是探索式寫作如何幫助我們在生活與職場、成為更好的人以及做出更好的表現。在這一段的最後這兩章，我們的重點是要看看如何運用、讓它幫助我們產生更好的感受：維持我們的身心健康。

第 10 章

自我認識的冒險

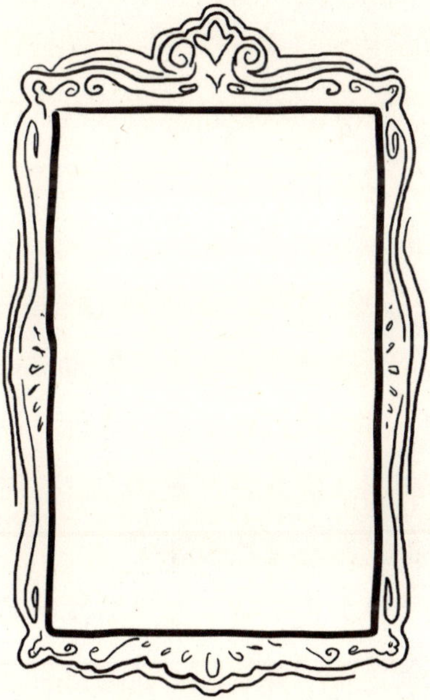

當初在第二章的時候，我們遇到了「黑猩猩」，我們大腦中古老、產生反應（通常是反應過度）的那一個區塊。

雖然馴服「黑猩猩」是一項艱鉅工作，探索式寫作卻可以在這樣的終身學習任務之中，幫助我們以更有效率的方式進行管理。

接下來，我要提出以下三種可行的具體方式：

- 讓「黑猩猩」覺得自己的心聲被聽到了；
- 認識與讚美「黑猩猩」覺得重要的事項；
- 翻轉「黑猩猩」的天生負面情緒產生更正面之成果。

聆聽「黑猩猩」之聲

我們通常會緊緊控制自我的「黑猩猩」，老實說，原因就在於我們都知道那並不體面。我們不是很喜歡有負面的人為伴，我們自己也不想因為變成那樣的人而惡名昭彰。另外一個原因是我們恐懼失控：我們不知道一旦跳脫了窠臼，我們自己的「黑猩猩」會變得多麼瘋狂？我們面臨那種狀況的時候會有多麼淒慘？還是把它藏起來比較好。

當《黑猩猩悖論》史帝夫・彼得斯作者與英國奧運自行車隊共事的時候，他定下一條規則：運動員可以來找他抱怨，不過只要一開口，就必須連續抱怨十五分鐘完全不能有任何停歇，結果從來沒有任何人達標[①]。原來，當我們讓自我「黑猩猩」掙脫束縛的時候，它的負面能量就無法持續太久，元氣盡失。不過，當然大多數的時候，我們不會讓「黑猩猩」可以講出這種無拘無束的完整心聲，反而讓它以低聲抱怨的滴流方式傳達負面情緒，造成我們浪費許多時間拚命裝作沒聽到。

「黑猩猩」希望被聆聽，而你完全置之不理，並不會讓它就此住嘴。探索式寫作提供了一個安全的限制性環境，努力聆聽它必須說出口的那些話——觀察其中蘊含的事實，以及那些可能並非實情的話語，我們接下來能夠以理性的態度進行思索，提出適當證據回答問題。

在這一次的寫作過程當中，你的「黑猩猩」可以耀武揚威。想出一個引發某種負面情緒的情境——可能是衝突、對自己或別人感到灰心、抑或是讓你生氣羞慚的事件（有一點必須要特別注意——這是對付日常挫折的日常魔法，所以要挑選能夠掌控的狀況，而不是那種比較適合找專業治療師的真正創傷）。

然後，花個六分鐘，以自由寫作鬆開你的「黑猩猩」繩鏈，讓它講出心底的話，真正的感受，為什麼會有這種心情，還有這一切是如此不公平。你可以讓它盡情討拍或者在紙上大吼大叫，千萬不要做出任何評斷；只要注意你該注意的部分就夠了。現在你應該很可能不需要任何提示，但如有必要，試試看這一句：**我不能告訴任何人這件事，不過……**

聽到你的「黑猩猩」所說的話，可能會相當感動或惴惴不安，所以，當你回頭檢視自己寫下的話語，一定要對自己保持和善。想像自己是顧問，抑或純粹就是好友在聆聽對方訴說苦痛：我們面對他人的時候，通常會比面對自我來得更加仁慈。

在這種練習當中，大家往往會發現的元素包括了真理以及非真理：誇張、災難化、籠統化、假設等等。通常真理與我們最重要的需求息息相關，比方說認可、安全、自由等等。學習辨識我們自己的「指紋需求」（愛麗絲・雪登給予它們的稱呼，參考[②]），可以幫助我們了解的不僅是為什麼會觸發我們的「黑猩猩」，還包括了要如何確保我們找到符合這些需求、而非否定它們的良方。靠著練習，我們也會更加熟稔觀察他人的這種需求，並且以此演練對自我展現同理心，因而有望更容易對他人展現同理心。

頌揚「黑猩猩」

等到你聽到自己的「黑猩猩」必須說出口的話之後，你的「人類」就得要決定該如何處理那種全新狀況的認知。

你可能已經知道，光是寫下負面思緒就能夠減輕它們的殺傷力——這稱之為「情緒標示」，是眾所周知的情緒控管技巧。我們今天要更進一步，不僅只是減緩「黑猩猩」的負面影響，而且還要找尋當中可以誦揚的部分。

很瘋狂，對吧？在這一切的負面情緒之中，怎麼可能還會有讓人讚頌之處？不過，要記得這一點，對我們來說最重要的事物，才會營造出最強烈的情緒，誠如愛麗絲．雪登所言：

> 要是我們能夠開始了解，自己的感受是關乎我們需求的珍貴信使，我們就能夠接受它們，理解它們要告訴我們的一切，而且有所覺悟為此展開行動。正確理解我們的感受，是一種資源，不會是令人分心的障礙。它們是在時時刻刻提醒我們、什麼是對我們重要事物的指標[③]。

換言之，要是你發現了讓你的「黑猩猩」最激動的問題，那麼你也就找出了對你來說最重要的事物。丹尼爾．平克提到後悔的時候，也提出了類似觀點：

> 如果我們知道大家最後悔的是什麼，那麼我們也就了解他們最珍惜的是什麼……所以當別人對你講述自身悔恨的時候，他們其實是以間接的方式講出了他們所珍惜的事物[④]。

另一個要稱頌你的「黑猩猩」的原因，它證實了你的本能運作正常：它的來源是恐懼，要不是因為恐懼，你也沒有辦法存活至今、閱讀這本書。伊莉莎白．吉兒伯特以精采方式娓娓道來她自己改變了與恐懼的關係，她體認到這是創意過程中不可缺少的一部分，而不是拚命想要克服它或是壓抑它的聲量：

> 我對它講話，深情款款。我把它視為一個實體，對它充滿了憐憫。久而久之，我體認到這並不是我內心的毛病，這是某種內建零件；直接從工廠生產出來。恐懼背負了某種演化的任務，也就是「千萬不要嘗試新事物，或者是我們不知後果會是什麼的一切——因為它很可能會害我們喪命」。每當你想要創新的時候，恐懼無所不在，因為創意需要你嘗試新事物，而你並不知道結果是什麼……我以前的習慣是反抗，我老是覺得我一定要更勇敢，而我現在的體會是不需如此，我反而覺得我應該要更仁慈，更加好奇探究，而這是勇氣之來源[5]。

你的「黑猩猩」可能會講出令人傷心的話語，不過，只要你了解這一切的根源是基於全力保護你的安全，那麼，以憐憫給予回應、終究還是選擇採取行動，也就容易多了。你感謝自己的「黑猩猩」看到的潛在痛苦，坦然接受它，把它當成了你看到的潛在成果的代價。

所以，為了這樣的練習，你要花六分鐘的時間、向你的「黑猩猩」寫封致謝信，要珍惜它，而不是拚命想要把它壓回到盒子裡，或是大吼大叫逼它閉嘴。現在以更富憐憫之心的全新目光、回頭檢視以上的練習；注意到哪裡對你有幫助嗎？你的「黑猩猩」坦承揭露，而你一直不知道對自己如此重要的重點是什麼？它以什麼方式努力保障你安全無虞？

你可能還是覺得無法大力稱讚自己的「黑猩猩」，不過，至少你現在稍微更加明瞭狀況了。而且，要是你的「黑猩猩」感受到謝意，未來也比較不會給你添麻煩（這一點也適用於大多數的人類）。

翻轉「黑猩猩」

另外一個對付這種源源不絕負面情緒的忍者絕技，就是不但要與「黑猩猩」共處，而且還要翻轉它。在第一個練習當中，我們具體陳述某些負面情節與信念，把它們攤在陽光下，讓你可以看個清楚，而對於接下來的這一場練習，你要把它們全部寫下來，然後完全扭轉，能夠把它們視為潛在之巨大力量。

現在，我不知道你的「黑猩猩」在這個段落的第一段練習丟了什麼給你。不過，不論是什麼，現在你已經有了一堆你的「黑猩猩」講述有關你自己以及你生活的某些故事，而且很可能相當粗魯與冷酷，這是我在研討會的時候經常聽到的一些例子：

「我沒有任何原創概念能夠講出口。」

「我散漫無章又懶惰。」

「我對金錢一竅不通。」

「我老是講錯話。」

「沒有人喜歡我。」

這些話很不中聽，就表面上看來，相當沒有幫助。不過，你已經知道，無論你的「黑猩猩」對你說出什麼殘酷又負面的話語，它其實只是企圖要保護你的安全而已，它因為風險、失敗或背棄之恐懼而驚恐不已。所以，要是我們在這裡改變故事情節，我們必須要做出更聰明的反應，而不是理不直氣不壯回喊，「又不是真的！」我們反而要運用柔術的探索式寫作形式，將負面力量還治其身，產生更有助益的效果。

盡量找一張大紙，畫一條線，這樣一來你就有了兩個欄位：左邊的比較窄，右邊的比較寬。在左邊頂端寫下「『黑猩猩』說的話」，右側頂端是「我如何翻轉『黑猩猩』」。

此時，魔法出現了：你要把先前寫作練習的每一個負面陳述翻轉為某種巨大力量。與之前一樣，它可以幫助你假裝在與別人說話，也許是某個沒有安全感的朋友，這樣一來就能夠讓你產生一點距離以及同情心。

好，舉個例子，要是你的「黑猩猩」說你經驗不足無法面臨挑戰或是勝任眼前的角色，你可以把它轉化為某種巨大力量，承認自己缺乏經驗，也就意味自己比較謙虛、心胸更寬闊、有更強烈的學習動機，勝過了更老練的人選。

要是你覺得以下這一招有幫助，也不妨玩個過癮，你可以把自己想像成檢察官，下定決心要控訴「黑猩猩」。你要做的就是進一步挑戰「黑猩猩」的敘事，顯現出自己的另類敘事，而且也要練習樂趣與韌性。

所以，設定計時器，準備好那兩個欄位——「『黑猩猩』說的話」以及「我如何翻轉『黑猩猩』」——以自由寫作當成回應，看看接下來會發生什麼事！

放任自己「黑猩猩」根深蒂固的負面情節公開展露，以更正向的認可、同情，以及好奇態度予以回應，在這兩者之間取得平衡，恐怕相當棘手。要是你一時覺得做不來，不用擔心：這是一輩子的練習，而不是單次表演而已。

不過，當你運用探索式寫作的頻率變得更加頻繁，你會開始更加信任白紙，把它當成不會收到任何評斷、能夠流露負面情緒的安全空間——恐懼、悔憾、挫折、甚至是羞辱——而你對於自己以憐憫與好奇角度看待它們的能力，將會信心大增，它們只是你告訴自己的故事情節，而且揭露出對你有用的部分：但你要具備接納以及發揮益處的能力，改寫不當的內容，努力過生活。

更加了解自我，接受我們自覺難以悅納的自我面向，是探索式寫作能夠幫助我們產生更好感受（並非只是做得更好而已）的方法，但這並不是唯一的途徑——在接下來的這一章當中，我們將會進一步探索身心健康。

第 11 章

身心健康的探險

到底什麼是身心健康？我一看到這個字詞，或者，應該說我有感應的時候——我就知道是什麼——不過，當我當初開始動筆寫這一章的時候，我才驚覺自己無法講出它的精準定義。

根據我研究搜尋的所有定義，我覺得對我來說，最合理的就是卡地夫城市大學某群研究者在二〇二一年所提出的身心健康之定義：「個人資源池與面臨挑戰之間的平衡點……當一個人迎向特殊心理、社會，以及／或生理挑戰的時候，具備了心理、社會、生理的資源，就是穩定的身心健康[①]。」

基於以下幾個原因，這種定義深得我心。首先，它容納了無限的個人彈性：我可能覺得在一百個人面前演講是一大挑戰；你可能連早餐都還不用吃、眼睛連眨都不眨一下就能夠達成任務。當然，這種彈性不僅適用於各式各樣的個體，而且也適用於同一個體在同一天當中的不同時段，一切依照當下資源與挑戰的動態張力而定。我每天都會出去慢跑，絕對不會有任何遲疑，不過，有一天我參加某場商展，晚歸返家，疲憊不堪，雙腳痠痛，為了不要打斷自己的連續紀錄，我穿上了運動鞋，當我綁好鞋帶的那一刻，差點哭了出來：一想到要在公園跑兩圈，感覺就是撐不下去，簡直要去參加撒哈拉沙漠馬拉松一樣。我耗盡的生理資源，與完全沒有任何挑戰的其他日子相比，根本無法等量齊觀。

我喜歡這種定義的第二個理由，就是它隱含了沒有任何挑戰的生活、就與崩潰的日子一樣不健康——誠如心理學家米哈里・契克森米哈伊所揭櫫的一樣，幸福，或是依他說法所稱的「心流狀態」，其實是在某個相當窄小的渠道、才能發現它的蹤影，而控制邊線兩側的區塊一是焦慮，而另一邊則是厭煩[②]。

而我喜歡這個定義的最後一個理由，也是與探索式寫作脈絡最有關聯的那一個，就是它未必能夠把我們擊垮，只要我們能夠透過增加自我資源的方式，總有一天，我們能夠找到平衡點。

給予自己資源

我們要如何增加自己的資源？卡地夫的研究員點出了三種挑戰與資源的類型：心理、社會，以及生理（或者是三種的混合）。我會以顛倒的方式逐一回頭檢視，評估探索式寫作在什麼地方可能會發揮功能。

生理層次

這裡沒有任何神秘之處，真的。我們供給自我生理資源的最佳方式，就是由顧問莎拉・米爾恩・羅威精準抓出的不可妥協之古老原則，稱之為SHED方案（Sleep, Hydration, Exercise, Diet）：睡覺，補充水分，運動，飲食[③]。如果你期盼聽到我講出其中隨便哪一項可以被探索式寫作所取代，抱歉，讓你失望了。不過，也許結果會讓你嚇一大跳，其實在生理層次前線，它並沒有完全陣亡：因為證據顯示探索式寫作可以增強你的免疫系統，幫助你睡得更好[④]，所以不要太快把它完全刪除。

社會層次

無論在哪一位心理學家的「維持身心健康要點」清單之

中，具有意義的正面關係一定是重要特質之一，而你可能又以為探索式寫作恐怕在這裡的發揮空間有限，畢竟要做到這一點，你需要花時間與別人相處，對嗎？但話說回來，探索式寫作的獨自練習，對於社群領域會產生令人意想不到的好處。比方說，它可以幫助我們在安全空間釐清關係漏洞，然後再決定是否要與人一戰。而且，刻意以他人觀點探索狀況，也會增加我們的同理心，進而改善我們的人際關係。

有時候，癥結不在我們，而是他們，採納他者觀點，可能有助我們了解為什麼某人是這麼討厭的白癡，以及要如何以最佳方式與他們進行討論。

不過，大多數的時候，我必須很痛苦承認，問題不是他們，而是我。要是遇到這種狀況，類似出現在前一章的自我認知之探索式寫作工具，就可以幫助我找出自己內心有哪些按鈕被觸發，對自我招認那個討厭白癡就是我自己，如有必要的話向他人解釋這一點。到了這樣的階段，我就擁有更充沛的資源能夠有所作為，對於人際關係來說只有好處（或者，它反而揭露出這段關係已經走到盡頭——而這對身心健康來說也是好事。）

心理層次

不過，在最後一個範疇，比方說焦慮、負面的自我對話或是不滿的心理層次挑戰（嗨！「黑猩猩」！），探索式寫作真的能夠發揮工具角色，幫忙挹注自我資源，以及維持自我身心健康。

在工作的時候，我們每天都得要面對猶疑不定與沉重壓力，經常是雖然處於遠端工作，卻一直處於「上線」狀態。當我們回家的時候（在後疫情時代，我所謂的「回家」純粹就是「停下我們工作時通常在思考的內容，將注意力轉移到生活的其他方面」），這樣的日子也未必會比較輕鬆。不論你是在聽新聞、因應漲翻天的能源帳單想盡辦法調整家用預算，還是為了某場晚宴派對而煞費苦心、就是要讓鄰居們眼睛一亮，到處都是壓力。有些是我們自己的選擇，而有些是被硬塞（請注意，我這裡所說的並不是臨床憂鬱症或是真正的創傷，這種狀況的最好處理方式還是要靠受過訓練專業人士的輔助，不過，對於日常焦慮，探索式寫作的日常魔法是最佳良方）。

在本章剩下的部分，我們將要關注的是為自己挹注資源的領域，一開始的時候，我們要簡單檢視一下，探索式寫作被證實能夠維持我們心理健康之歷史進程。

治療式寫作

我們明瞭寫作也具有治療之面向，已有千餘年之久。為了回應柏拉圖對於詩的攻擊，亞里斯多德宣稱悲劇有益健康，因為它產生了「淨化作用」，清淨了哀憐與恐懼的負面情緒，但老實說，他提到的效果，對觀眾產生的影響更勝於悲劇演員。弗洛伊德也抱持相同觀點，壓抑的情感與創傷很危險，但他側重的是談話治療而不是寫作。

不過，在一九八六年的時候，在潘尼貝克與畢爾主持的某項重要研究成果發表之後，表達式寫作作為某種治療工具的概念，贏得了廣大關注[⑤]。詹姆斯·潘尼貝克長期研究人體對於壓力的反應，他發現受試者坦承過失之後，似乎不僅是減輕了壓力，而且還有如釋重負的正面效果。他開始研究敞開心胸面對創傷、而非壓抑以對的健康關聯性。為了要避免請大家開誠布公、向陌生人講述相當私密議題的道德面與執行面問題，他意外發現被他稱之為「表達式寫作」的方式，成為了更可行的步驟。

成效相當驚人。被鼓勵每天花十五分鐘的時間、寫下有關過往創傷經驗的那一組，顯現出明顯的長期健康優勢，包括了看醫生次數減少，而在後續的其他實驗當中，也不斷顯現出這樣的結果。從事表達式寫作的人減輕了焦慮，改善了記憶與睡眠品質，而且工作表現也比對照組更加優異。

潘尼貝克深感好奇，繼續深入研究，想要知道是否能確認究竟是寫作練習的哪個面向、引發了這種極為顯著的進步。他發現提出最有效益處的那些受試者容易隨著時間變化、慢慢改變觀點，而且他們也會運用越來越多「意義建構」的詞彙——「領悟」、「由於」，以及「原因」。這些人會覺得更好，並非只是淨化作用，也包括了體驗的處理過程。

茱莉亞・卡麥隆在《寫得快樂比寫得好更重要！拯救你的靈感，釋放你的心房，寫就對了！》之中也提到了這一點。她引用了某位「高階主管」的話語，運用了強大隱喻、解釋探索式寫作是工作日常之一部分：

> 「我有好多心得需要代謝，」喬許是這麼說的，「無論是哪一天，我遇到了這麼多人，做了這麼多事，我需要找一個地方自問，我對這一切的想法到底是什麼。要是沒有寫下來的話，我就會過著匆匆忙忙、沒有仔細審視的生活⑥。」

這並不像是潘尼貝克的那些受試者一樣，正在處理創傷。喬瑟夫就和你我一樣，純粹就是有一大堆事得要處理，而寫作正是那種低層次、隨時都能派上用場的治療性干預，讓他免於崩潰。

所以，我們背後有這麼令人驚嘆的傳統與證據作為支撐，我們該如何將探索式寫作套用於每天家居與職場生活身心健康之具體細節？我相信探索式寫作可以在四大關鍵領域維持我們的心理健康：

● 心理韌性

- 為了身心健康之意義建構
- 自我輔導
- 正念

接下來就讓我們逐一深入探討，複習一些我們已經在先前學到的技巧與練習，同時嘗試一些新的部分。

心理韌性

首先，要提醒各位讀者：治療式寫作已經超出了本書範圍，所以我在這裡指稱的「心理韌性」是指日常生活之韌性：出現了破壞性或壓力性事件之後，能夠迅速恢復為積極心理狀態，能夠有效實踐的能力，而這通常需要相當程度的適應力和彈性。

其次，是一段免責聲明：引發壓力、反而造成個人必須承擔的失能體系，有時會劫奪「韌性」這個字詞當成某種扭曲之藉口。誠如布魯斯．戴斯利所強調的一樣，「別人呼籲你要保持韌性，這是在說風涼話[7]。」修復這樣的體系，當然會是更為理想的解決方案。不過，要是修復這種體系並非是你的天賦，那麼專注在你自己能夠控制的範圍，自然也是合情合理，也就是你對於壓力的反應，比方說，你的韌性。我的意思並非這是正確舉措，我只是務實而已。

在五十年前的時候，擾斷是相對罕見的狀況，但現在差不多就是生活之日常，尤其是在職場。

對許多人來說，它所帶來的後果就是慢性壓力，以及對於健康與績效的所有負面影響，甚至包括了病假（或者更糟糕的是假性出勤，某人表面上依然裝忙，但幾乎完全沒有在工作）。

那些具有高度心理韌性的人，可能會與韌性沒那麼強大的同事們一樣，也必須面臨相同的擾斷狀況，不過，結果卻大不相同：韌性更強大的員工不但更健康，而且通常都會對工作展現出更積極滿意的態度，所以更加有效率，發展和學習也比較容易。

韌性牽涉到諸多因素——包括了我們剛剛研究過的生理與社會健康資源——不過，探索式寫作也能夠發揮強大效力，維持某些關鍵的心理資源。

面對壓力

之前在第五章的時候，我曾經介紹過動力是讓探索式寫作如此有效的關鍵原則之一，而它在這裡正好就發揮作用。最常見的壓力起因之一就是無力感，我們出了事、但是卻無力掌控的那種感覺。不過，我們以為自己無能為力，但狀況其實通常不是如此。探索式寫作創造出一種我們能夠奪回自主權的空間，掌控自我體驗的感覺。當我們重新得到了表述自我能力的時候，就能夠幫助我們產生更從容應對外在事件的感覺。

減少負面自我對話

這是另一項精神困擾的普遍成因。遇到犯錯的時候，我們通常會認定這多少反映出自我狀況，「黑猩猩」開始碎碎念，「要是我更有條理／更聰明／更有人脈（請自行刪去不適用部分）的話，就不會發生這種事了。」

你要是放任不管，這種自我批判的內心獨語很容易就會增生為消耗元氣、製造悲劇的反芻過程。陽光是最好的消毒劑，此句古諺用在這裡恰如其分：光是靠著把我們的內心獨語攤在陽光下這一招，探索式寫作就能夠讓我們看到這種內在獨語的無益殘暴。一旦我們看清它之後，我們就有辦法對它下戰帖，或者乾脆嗤之以鼻，專注在我們能夠控制之狀況的各種元素，發現解決方案的全新可能性。

增添趣味

就像是好奇心是恐懼之解毒劑，好玩則是壓力的敵人[8]。身為成人，在日常生活中找到玩耍的機會非常困難——就算它們出現的時候，我們通常也會因為太過尷尬而不敢下場。這就表示在探索式寫作中本來就存在的趣味感，在安全又私密的空間之中，可以成為培養韌性的一大利器。等到你抓到了先前提到的翻轉「黑猩猩」與強迫式隱喻的訣竅，就可以運用它們、把某個艱困處境進行趣味轉化，甚至將你的悲慘結局扭轉為喜劇。

為了身心健康的意義建構

還記得意義建構嗎？這是你之前在第六章認識的探索式寫作基礎技巧之一，而它最有效的實用功能之一，就是可以成為維持身心健康的工具。

當沒有出現任何異狀的時候，我們的大腦幾乎不費吹灰之力就能夠順暢運作。我們大多數人都是以某套毫無章法的鬆散腳本與前提在過日子，幾乎不需要我們擔心，而且大多數時候都能夠讓我們過得愉快自在。這些是思考之常態，我們對於它們幾乎不會多想什麼，就像是我們每天早上鮮少會思索該先穿哪一隻鞋子一樣。當一切順利、符合我們期待的時候，的確不需要我們努力研究明確的意義建構。

不過，一旦出現意外，出現全新或干擾狀況，舊有思維就受到了挑戰。這很可能會導致「黑猩猩」主導的負面心理經驗（怒氣、哀傷、否認），或者可能會引發某種「人類」引導、更具有自覺意識的努力、想要釐清這種全新的體驗。哪一種才是最可能強化身心健康的反應？答案呼之欲出了吧。

在日常生活當中，我們進行意義建構有兩大方式：我們的自我思維，以及與他人的對話。探索式寫作提供了第三條路，甚至可能是更有幫助的選項，因為它強迫我們大聲說出自己的念頭，同時又能夠允許我們探索不同的想法及其蘊藏的各種含義，完全不需要受到他人計畫、判斷、或是假設所左右。

《Sensemaking in Organizations》作者卡爾・威克，提到了寫作在工作時的意義建構很可能扮演了某種重要角色，「有關寫作風格作為說服工具的自我意識寫作，近來有暴增趨勢……運用寫作作為某種理解工具，這一點被大多數的人所忽視⑨。」

意義建構未必是簡單過程，我們幾乎很難迅速建立單一清晰的敘事，幫助我們了解與接納全新經驗，進而恢復我們的平衡狀態，除非你採取的是偷懶途徑，「一切順其自然吧」，或者是「我的星座預言告訴我今天會與人不和」。

這種現象的原因之一，正如同之前第七章看到的市政廳練習一樣，了解體驗有許多方法，而對於剛剛發生的事物，我們內心世界裡會有多重自我提供互相衝突之敘事。

除了心理分析師的沙發之外，現代社會並沒有太多地方讓我們能夠安心探索這些自我的多重面向。大多數的時候，別人期待我們——其實，是我們期許自己——提供的是某種一致的觀點。每當有人詢問我對於某件事物的看法，他們希望聽到的是我針對議題表達立場的意見，當然，其實我的諸多面向可能會有各式各樣的不同意見。

我們把它放入真實世界的場景。想像一下，你正在開會，午餐時間已經快到了，會議卻拖拖拉拉，而行銷總監剛剛提出了策略改變的建議，總經理問你，「你同意那個建議嗎？」你說，「是的。」決議已成，散會，卻讓你覺得很不滿意，咒罵自己，但你也不知道究竟為什麼。那一晚，你與伴侶吵架，而且睡得不安穩。

外在狀況是如此，而你的內心世界卻比較像是這樣的交戰：

「我同意那樣的建議嗎？」

不耐又飢餓的你，「對，隨便啦，就這樣繼續下去好了，我想知道今天的法式鹹派是什麼口味？」

社交焦慮的你，「不知道大家期盼我在這裡扮演什麼角色？我該說好嗎？還是不好？應該要提供意見嗎？萬一我不同意的話，某某會怎麼看我這個人？」

充滿政治謀略的你，「要是我對此表示同意，那麼某某某對於我下禮拜提出的草案應該會比較支持。」

深思熟慮的你，「感覺不太對勁，但我無法解釋原因。」

遇到正常的對話速度，深思熟慮的那個你，不會得到太多的關注機會。不過，要是花個幾分鐘的時間進行一次探索式寫作衝刺、仔細研究那種不安感，讓深思熟慮的那個你搞清楚那種直覺反應到底是什麼。就算是在吃午餐的時候，花個幾分鐘的時間、拿出白紙獨處，也足以讓深思熟慮的那個你回去辦公室，要求對方重新考慮那個決策，搞不好會拯救公司，避免犯下昂貴錯誤，同時也會大幅增加你與伴侶度過更加和諧之夜晚、你睡得更好的機率。

其實，光是認知到自我具有多重反應與敘事之可能，對於我們的健康來說相當重要。它讓我們脫離了初始念頭的專橫，而且提醒我們世間永遠有諸多選項，雖然一開始可能看不出來，而且我們通常也不像自己以為的那麼軟弱無力。

自我輔導

這種透過探索式寫作的意義建構過程，其實就是自我訓練，所以我們添加某些訓練架構之後，就讓它發揮更好效果與更強大的功能。對，光是讓我們自己講出某一段故事就已經令人受用，因為它強迫我們找尋字詞與創造意義，不過，認真反思我們對自己說出的故事情節，將會把它從有益的面向提升到可能會帶來轉化的層次，比方說……

自我輔導的簡單技巧之一，就是為自己設定一個訓練風格的問題，作為你進行例常探索式寫作衝刺的提示。想出一項重要計劃、對話或是你最近剛完成的任務，拿出以下的某個或更多的提示，不然使用你自己的也可以，發揮你的寫作衝刺進行反思：

「哪個部分進展順利？」

「如果我得要再次解決這一個問題，會採取什麼不一樣的方式？」

「這個問題最具挑戰性的面向是什麼？為什麼是它？」

「我決定要採取這種行動的過程是什麼？」

「我怎麼會成為自己的絆腳石？」

「我從中學到的重要教訓是什麼？」

另一項可以維持自我健康的有用輔導練習，就是關注與挑戰侷限性信念。等到你養成了探索式寫作的習慣，你將會發現之前自己一直看不到的思維模式。找出最近隨便哪一次的衝刺練習，找出「我老是……」或者「我從來沒有……」或是「我沒辦法……」這種開頭的句子，然後，你很可能會發現裡面蘊藏了某種侷限性信念。現在，找出一個值得深究的句子，或者乾脆直接以「我總是……」作為開場、造出一個完整的句子，找到機會就多加練習，然後，以重新的寫作衝刺進行檢視，你可以自問以下問題：

「**永遠**是這樣嗎？什麼時候不是？」

「這種信念有什麼證據？」

「它的假設基礎是？」

「看待事物有沒有其他不同／更有助益的方式？」

就算你運氣很好，能夠找到優秀導師，養成自我輔導的習慣依然是寶貴技能，因為永遠不會有任何一個顧問能夠二十四小時全年無休保持待命。

正念

我把正念留到最後，有好幾個原因。它是身心健康的重要面向，這一點毋庸置疑，不過，這個名詞被濫用的程度幾乎已經到了離譜的程度，而且似乎難以給它確切定義。大多數的人至少都會同意它有關的是放緩速度、盡情沉浸當下、產生自我覺知而非扭捏、將自我與我們的思緒區隔開來，讓我們能夠好好檢視它們——其實，與從事探索式寫作的體驗也並無二致。

不過，在大多數人的認知當中，與正念最息息相關的練習並不是寫作，而是冥想，而這正是我陷入掙扎之處。

冥想有好處，我當然很樂於接受這樣的概念——其實，衡諸科學證據的影響力，我要是有異議當然是傻子無異——不過，其實我一點也不在行。說真話，我覺得無聊，而且我發現我很難一直保持專注。如果你和我一樣，那麼你知道自己並不孤單，也許可以讓你舒坦一點，而且，無法當個天生的冥想者，也並不表示你就得注定過著缺乏反省的人生。

正念並不等於冥想。其實，多年來大家一直在用不同的活動方式實踐正念。

羅伯·波西格的經典著作《禪與摩托車維修的藝術》，是我在十多歲的時候最喜歡的書籍之一。神秘東方精神論與修理摩托車這種世俗事務之間的連結，引發了我的想像力。當然，誠如波西格所說的一樣，「你努力改善的真正輪體，其實是一個名叫自我的圓輪[10]。」我不是哲學家，我也不是摩托車騎士，不過，對我來說，探索式寫作對我的意義，就是維修摩托車對波西格的意義：某個找尋自我的地方。

建立這種連結的不是只有我一個人而已。彼得·埃爾伯把他的「禪」之概念描繪為「當你專注精力、同時放下自我控制的時候，那一種油然而生的茁壯力量與智慧[11]。」我覺得這正是我對於自由寫作之美好想像。而梅根·海耶斯為她的著作《Writing and Happiness》所下的副標是「寫東西的每日禪修」。

對我來說，探索式寫作是一種比冥想更有力的正念工具，因為它提供了我在當下的專注焦點，而且也賦予我空間進行探索。

原來，遇到這種狀況的人不是只有我而已。根據生產力專家法蘭西斯柯・達雷希歐的看法，「冥想是一種有效的解決之道，但比不上寫日誌的效果。當我們提到實證科學的好處，以及幫助焦慮與沮喪者之方法的時候，與冥想相比，寫日誌更勝一籌[12]。」

（對，我知道他說的是「寫日誌」，但在我的書當中，這只是探索式寫作某種形式的略稱而已——而你現在看的明明就是我寫的書。）

擺脫表現的壓力，你可以運用探索式寫作，以更圓滿、不帶任何批判的方式活出當下這一刻，讓所有的感官全力投入這樣的任務，深化你的覺知。當你覺得備感壓力或是焦慮的時候，這是可以幫助你跳脫混亂狀態的好方法。

正念之基礎在於性靈，所以同樣以那些詞彙來看待探索式寫作，也不算是過度延伸。我經常想起當初我第一次發現探索式寫作的那一刻，絕望的深夜三點時分，我當時寫下的東西與《詩篇》裡的那種痛苦並沒有太大的不同：

耶和華啊，求你可憐我，因為我軟弱；
耶和華啊，求你醫治我，因為我的骨頭發顫。
我心也大大地驚惶。耶和華啊，你要到幾時才救我呢？[13]

我喜歡這麼想，大衛在自己的靈魂幽暗漫漫長夜之中，與我產生了類似的直覺：他打開紙頁，以激烈的誠實態度，在他的上帝面前寫出了自我思緒與感受，表達出他的焦慮，而在這樣的過程當中，他找到了寬慰，也強化了他的信念。

無論你的信仰是什麼，甚或是根本沒有任何信仰，把這個原則牢記於心，值得一試：在日常憂煩之下，我們的生活可能隱藏了某種性靈面向，而到了深夜三點時分，就更加難以否認它的存在。

寫作可以是某種請求，對此能夠得到回應，將一切傾注給某位無可撼動之神，祂的偉大不僅可以帶走我們拋給祂的一切悲痛、罪惡、焦慮，或是痛苦，而且也足以幫助我們得到全新的視角。《詩篇》中諸多最令人震撼的段落，被眾人稱之為「上行之詩」，朝聖者不但會運用它前進耶路撒冷，同時也以隱喻的手法、反射出某種向上抬望的信仰姿態，這一點絕非巧合：

我要向山舉目，
我的幫助從何而來？
我的幫助
從造天地的耶和華而來。[14]

有證據顯示祈禱對於我們的心理健康有益[15]，而焦慮思緒的外化與顯現，很可能是原因之一，除此之外，還包括了為他人祈福的同理心好處。你可能會覺得這比較像是冥想，而不是祈禱：在許多傳統之中，這兩者並沒有太大差異。

這一場冒險以某段崇高結語作結，不過，這裡還不是終點。

紙頁的範圍比你想像得還要大……

第三部

不斷超越

恭喜——現在，你已經是老練的探索家。我盼望你能夠享受最後一段的寫作冒險。請記得，這裡所有的練習都只是讓你展開**自身**冒險的建議——你發現了適合自己的方式，甚至完全忽略那些提示，嘗試截然不同的事物，你就直接調整，不需要客氣。

本書的焦點是運用寫作，當成生活與職場的個人探索工具。不過，在我們結束之前，這裡有一些讓你可以不斷超越的概念：超越你可能對寫作抱持的傳統定見，超越你自己，向外進入世界，而且超越了本書的終點……

第 12 章

超越字句

當我們一想到寫作的時候，我們首先想到的就是字句。不過，在這一章當中，我們要思考的是非詞語式的意義建構，或者，其實就是你可能更習慣的那種說法，畫圖。

畫圖？我已經聽到你說什麼了：這不是關於寫作的書嗎？

好，沒錯，但我們為什麼要這麼二元化呢？畫圖，寫作，都是利用紙張實現建構意義。而我對於使用紙筆（鉛筆或原子筆）、而非靠著電腦鍵盤進行探索式寫作的熱血原因之一，就是你可以因應自己的思考需求，在詞語與非詞語的紀錄之間不費吹灰之力自由轉換。不過，要是你不習慣「畫出」自己的思緒，那麼你可能會想要對於它為什麼值得你一試、聽到一些具有說服力的論據，以及關於該如何實行的一些建議。

以文字為基礎的標準敘事寫作衝刺，採取的是基本線型路徑，就算再怎麼鬆散——也還是跟隨你的思路，如果你喜歡這種用詞的話。不過，思維未必一直是線狀，尤其當你有心理問題的時候（就像我有心理問題的女兒所說的一樣，當你不是「常人」的時候……），所以，只要是能夠讓我們抓住思維、以更開闊方式展現它們之間關係的任何一種技巧，都能夠讓你的探索式寫作技能組如虎添翼。

多年前，當我依然還待在企業體制世界的時候，我與我的行銷總監討論我部門的某項資源議題。經過了兩、三分鐘的對話之後，他拿出自己的筆記本，把它橫置，開始畫一堆格子與箭頭。他無意間看到我驚訝的目光，開口說道，「我到了五十歲才明白，要是你把問題畫出來，那麼解決的時間就只需要一半而已。」我一直很感謝他，他在我三十出頭的時候就已經教了我這一課，而不是讓我自行摸索、在數十年之後才恍然大悟。

人類是明顯的視覺動物：我們吸收視覺化資訊的速度超過書寫文字數百倍甚至數千倍，而且我們也比較容易記住它。在你的探索式寫作練習當中，加入視覺化技巧，可以讓你直通全部的大腦，右半部與左半部都一樣，而且也有助你激發更多創意，辨識各種關聯與模式，以及各項元素之間的關聯，更加釐清自己的概念，當你準備要分享給他人的時候，就能夠以更有效率的方式傳達這些概念。

這裡討論的不是創造偉大的藝術，「我不會畫畫」不是藉口：我並沒有要求你模仿「藍色時期」的畢卡索。我們已經提過了，就像是在沒有任何人看著你的狀況下寫作、可以幫助你更自在解放創意一樣，沒有人在你後頭緊盯著你的那種畫圖方式，也可以提供某種解放體驗的主張（搞不好你甚至會發現自己很有天分，如果是這樣的話，你第一次開展賣畫的時候，我想要抽佣，謝謝）。不過，就算你沒有辦法找出私密空間，你還是**可以**把構想放入空格裡面，畫出彼此連結的線條，光是靠這樣的方式，可能就足以讓你的思維增添全新創意。視覺化思考，意味著以截然不同的角度思索你的想法，開啟了充滿各種可能性的全新世界。

現在服氣了嗎？那我們就以所有視覺化技巧當中最簡單的一個作為起點，同時也是你可能已經相當熟悉的那一個：心智圖。

心智圖

心智圖是最受歡迎、同時也是最好用的視覺化技巧之一。這是由東尼·博贊所創生的名詞，不過，打從人類開始在紙面進行思考，這些五花八門的放射狀圖表就早已存在。

心智圖幾乎是無所不能——當我開始構思書籍、部落客文章、簡報、課程我一定是從這裡開始……其實隨便你想到要做什麼都可以。而且，它們也是好幫手，讓你得以沉澱大型目標與計劃，將它們拆解為特定元素，讓你不再覺得壓力過頭，可以真正開始著手。

我們先從基礎開始。心智圖其實就是層級式的放射圖表，你要探討的主題放在紙面的正中央，而與該主題相關的各種要點，以放射狀的方式散列出去，成為節點，而每一個節點又連結到相關概念的附屬節點。

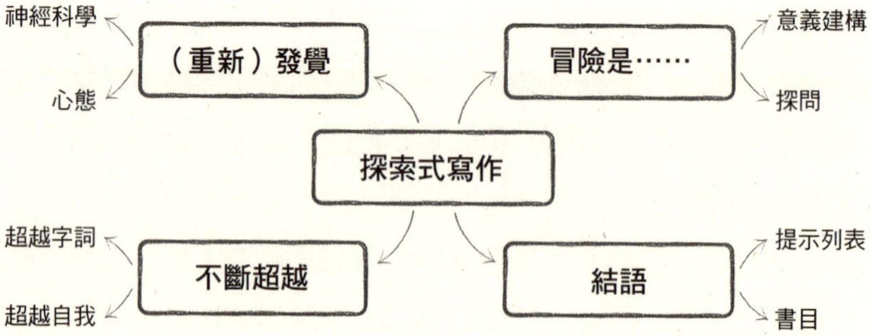

我猜你已經相當熟習這種基本心智圖，甚至還有鍾愛的軟體工具。不過，就算你對於使用線上工具已經相當嫻熟，一開始的時候以手寫心智圖作為起點，還是有諸多好處，以下就列出幾項原因：

- 與打鍵盤相比，使用紙筆的動覺面向，更能夠全面激發你的大腦[1]，讓你可以擁有更多創意。
- 在桌面、牆壁，或是白板擺出全新的心智圖一、兩天——將會讓你每天得到多次捕捉新靈感，或是找到全新的連結的機會，讓它得到進一步的擴展。
- 它讓你絲滑入手——不需要學習惱人的鍵盤快速鍵——也就是說，你可以全神貫注在創意本身，而不是熟練操作軟體。
- 立刻取用不成問題——當你靈感到來的時候，無論身在何處，隨時可以抓起筆、餐巾紙或是老派的信封背面。

好，讓我們試試看。挑選一個你最近掛心的主題——可能是某項專案、有待解決的問題，或者純粹就只是你想要多花一點時間研究的有趣構想。然後，努力找出手邊最大的那張紙——A4尺寸就可以，A3更好，如果你可以找到掛紙白板或是一整卷裝潢襯紙，太好了——把它攤在你

面前，在正中央寫下你想要探索的主題，設定六分鐘的時限，馬上生出心智圖！

之後，抽出一點時間進行反思。這種更視覺化的技巧，與你截至目前為止所使用的探索式寫作技巧之間有什麼特質差異？你的能量發生了什麼變化？大腦的運作方式有什麼不同？如何將這種更視覺化的技巧融入你已經發現的那些方法之中？

圖像組織

被大家廣泛稱之為圖像組織的工具組當中，心智圖只是其中之一而已，要是你曾經以PowerPoint進行年度成果報告，想必對於某些圖像組織一定很熟悉——長條圖、圓形圖、組織架構圖；而你在書本與文章中看到的那些部分一定也很眼熟——包括了表格、圖示，以及圖表。

我們一直認為這些都是等到我們釐清自己要說什麼、事後分析組織資料的方法，把它視為某種溝通工具。

不過，圖像組織對於探索式寫作來說，同樣具有珍貴價值，它可以靠著那些有助你明瞭概念之間的關係、同時產生新連結的方式，抓出你的想法，讓你豁然開朗。

好好解釋這一切，就得花一整本書的篇幅了，所以我在這裡關注的重點只會放在我覺得對於探索式寫作特別有用的其中幾項。一開始是我的絕對最愛：二乘二矩陣，也就是著名的「神奇四象限」（就我個人而言，這說法一點也不誇張）。

二乘二矩陣

這裡的概念很簡單，挑出兩個變項，以兩條軸線排列出四個象限或是選擇。

其中最著名的一個是艾森豪矩陣，一開始是由艾森豪將軍所創生，後來由史蒂芬・柯維在其著作《與成功有約：高效能人士的七個習慣》當中發揚光大。

在這個例子當中，我們所使用的兩個變項是：

	緊急	非緊急
重要	現在就動手	做出決定
不重要	委由他人處理	刪除

一、是否重要；

二、是否緊急。

而艾森豪在每一個象限中所施行的策略是：

非緊急／不重要：刪除

緊急／不重要：委由他人處理

非緊急／重要：做出決定

緊急／重要：**現在就動手！**

很簡單又有效的架構，可以幫助你評估每天必須面對的各種事物。

另外一個（現在還沒有那麼出名）的二乘二矩陣，是我自己在進行探索式寫作思維初期所創設的商業寫作：

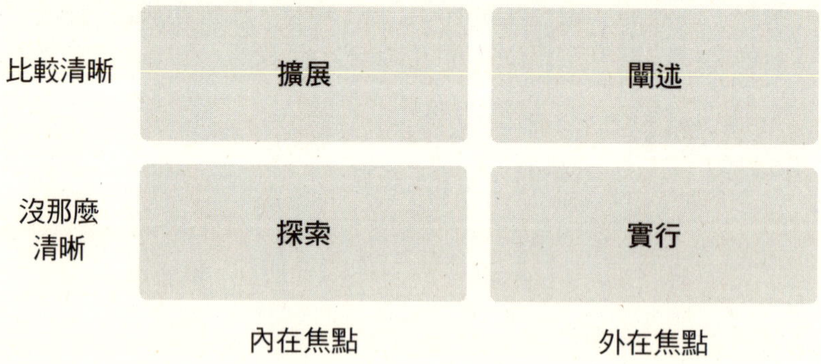

它可能（還）沒有艾森豪矩陣的吸引力——但是對於培養我的思維來說卻超級有用，而且它也幫助我向他人解釋我的概念。你將會發現，我表達這些想法的時候是以漸層方式，而非二元選項，我覺得這方法通常更加實際。

當我在進行探索式寫作的時候，我完全就是在這個方格的左下角：概念還沒那麼清晰，而這只是為我自己而寫的內容。當某個概念成形之後，我會進行一次又一次的具體寫作，我移動到了左上方的象限，現在，我的大腦對於自己打算說什麼，已經變得比較清晰。通常當我忙著找信任的其他人「交流」這個概念、獲取反饋、同時引發大家興趣與關注的時候，我會不由自主從左下方移動到右下方的象限。然後，終於到了我準備把這個念頭散播給全世界的階段：各位目前在閱讀的書，就端坐在右上角的象限之中——無比清晰（我希望啦），而且正在觸達我還不認識的讀者們（哈囉！）。

你可以在這些象限之中，構畫各式各樣的商業寫作，幾乎都不成問題。以這種方式組織自我思維的好處之一，就是我了解到右下角象限的重要性——當我們的概念依然處於混沌不明狀態的時候，要如何讓別人成為我們培養自我思維的助力——這是我之前並沒有完整表達的部分。

這種練習的另一項有效成果，就是它逼使我為每個象限想出一個描述性字詞——而這就是「探索式寫作」一詞的起源。

準備要創造你自己的二乘二矩陣了嗎？首先，我必須事先提出一段免責聲明：它可能會產生驚人效果，或者什麼也沒有。要是不成功，也沒有關係，我們只是在這裡進行探索，就算結果慘不忍睹，反正也只是損失六分鐘的時間而已（不過，我覺得它的成果可能會讓你大吃一驚）。

還是一樣，挑選某個你現在面臨的問題，你的領導風格或是專業觀點，一直無法向客戶解釋清楚的概念，其實，什麼都可以，然後，開始選擇你的兩個軸線——也許像是艾森豪的二元矩陣（緊急／非緊急），或是類似我的某種漸層式（比較清晰／沒那麼清晰）。

就像是探索式寫作的所有形式一樣，坐在那裡東想西想該怎麼開始，用處不大，反而直接動手的效果更好，所以就請你直接迅速畫出一個二乘二矩陣，馬上開始構思——要是第一個不是很成功，再試一次，要在六分鐘的時間之內寫出完整文章，幾乎是不太可能，但是讓自己的想法躍然紙上，而且得到一、兩個有利的深入觀點，同時可能產生某個有機會在未來可以進一步好好琢磨的草圖，卻是**非常**有可能的事。

要是你真的陷入泥沼，先退後一步。花一點點時間，運用上述的其中一個二乘二矩陣——艾森豪矩陣或是商業寫作矩陣都可以——然後把它套用在你自己的議題，找出實際運用的感覺。等到你更了解這種原則之後，在接下來的那幾天與那幾個禮拜之中，你應該會想出適合運用這種模式的各種概念。

要是你發現這種練習很困難，不要擔心：要記得，這裡的重點不是要得到「正確」答案或是高分；而是要拓展你的思維工具。不過，無論如何，要花一點時間省思使用視覺化模型的體驗：它如何對你產生幫助？挑戰性如何？你在未來可能會如何培養自己的雛形矩陣？

魚骨圖示

另外一項有助維持探索式思考的好用圖像組織是魚骨圖示，由石川馨教授在一九六〇年代所創生，是他針對品管之研究成果的其中一部分。

這是一身正裝打扮的心智圖。標準的心智圖能夠讓你四處遊晃──其實，這正是它的重點──而魚骨圖示卻提供了以更嚴謹方式探究事物的架構，它針對的主題通常是你想要解決的某個議題。對於專案管理與商業分析來說，它相當好用，對於探索式寫作練習來說亦是如此，我喜歡在這樣的過程中把它翻轉作為逆向建構解決方案，而不是診斷問題。

而你準備要使用它的時候，原則還是一樣：一開始的時候，先從創造自己的魚頭開始。這，就跟你的心智圖正中央一樣，打算要好好研究的主題。可能是你想要更加深入了解、以免再犯的某個問題：在這個例子當中，我們列出的主題是錯過期限。它會落在你的橫向紙張的右側，而你接下來要以此為起點，倒畫一條橫跨紙頁的長長水平線回到另一頭，形成魚骨。

現在，魔法出現了：你發現了結果的成因，將它們列為中央魚骨的分支。運用各種範疇，標示這裡的主支，可以發揮很好的效果——在這個例子當中，你可以看到人、方法、評量等因素，每一項都成為長形主支尾端的標題，然後，你可以開始拆解它們，在每一個分支以水平方式寫出引發整體問題的各種具體因素。比方說，在這個圖表中的「人」那一區的下方，包括了微觀管理型的老闆與心不在焉的秘書（聽起來很像是某齣辦公室題材戲劇的情節，對吧？而我覺得發出噪音的椅子最後會成為關鍵主角）。

這是一種相當實用的工具，因為它象徵的是解決問題，你絕對不需要客氣，要是有需要解決的難題，把它搬出來就是了。不過，為了這裡的練習，我建議要轉個彎，把它從好用的圖像組織轉化為某種純粹的小魔法，也就是把它翻轉為向夢想邁進、而不是分析過往的工具。

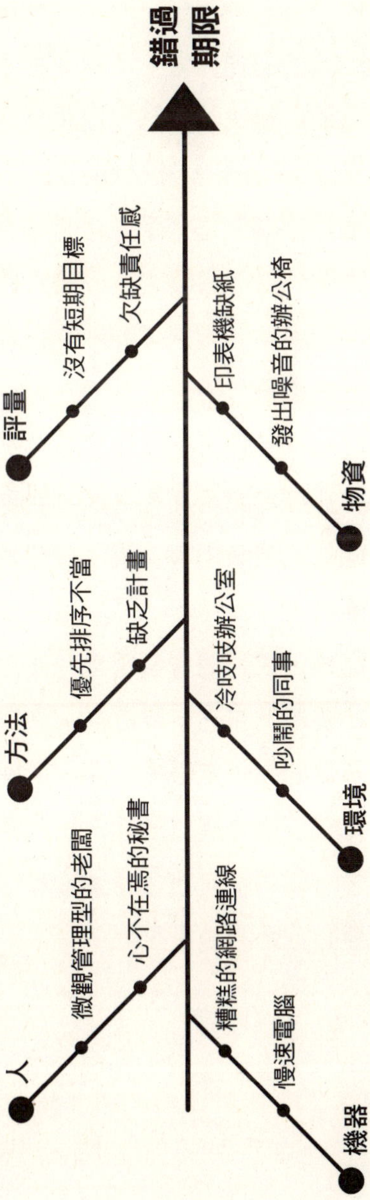
錯過期限
評量
沒有短期目標
欠缺責任感
物資
印表機缺紙
發出噪音的辦公椅
方法
優先排序不當
缺乏計畫
環境
冷吱吱辦公室
吵鬧的同事
人
微觀管理型的老闆
心不在焉的秘書
機器
糟糕的網路連線
慢速電腦

畫一根上方的那種魚骨，不過，並不是要在箭頭處寫出需要釐清與解決的問題，而是要在那裡試著想出自己想望的某個結果，然後倒回去看看可能有哪些助因。以上方那個圖示作為例子好了，魚骨尖頭的文字改為「專案準時交付」。然後，為自己設定六分鐘的時間，在幫助目標實現的分支部位開始填寫，如果你想把它當成對於自己欲見成果的逆向建構，當然也可以。

無論你選擇哪一種，你一定會發現某些分支比其他更容易完成，值得細究。多花一點時間在這些細長形分支，也許會讓你受益匪淺；詢問他人這些內容，搞不好會披露出你一直沒發現自己不知道的事物。

等到你完成之後，很可能會發現自己產生了一堆行動與想法的項目，所以，要確認自己牢牢記住。你甚至可以運用先前提到的艾森豪矩陣幫助你決定優先順序，展開行動！在過程中也要進行反思：擁有架構更清楚的途徑，效果比較好還是比較差？在什麼時候——如果真有機會遇到這種情況的話——這種方式也許會比某種心智圖的效果更好？

概念圖示

在這個段落中，我們要檢視的最後一組模型，是用途廣泛，充滿彈性，可以無限延伸的群組：顯示任何主題之元素，及其彼此關聯性的簡單概念圖示。

接下來，我要推薦三種不同風味的圖示，作為各位的出發點——流程圖解、循環圖解，以及關係圖解——這三者在某種程度上都互有重疊（請記得，我們在這裡思考的是鼓舞初期探索式寫作的輕量級工具，並非那種你若是曾與商業分析師共事的話、你所熟知的更為複雜的分析或簡報工具。記得要一直告訴自己：這樣操作沒有問題，這些圖示的目的是當成跳板，而不是直接完全複製的模板）。

流程圖解

流程圖解是一種抓出主要步驟、先後次序的簡單線性方式，要是你覺得適合的話，也可以增添一些敘述。

我知道這看起來簡單到令人發笑。不過，這裡的重點是——就算想出類似這樣的簡單序列，你也必須在自己的大腦

之中釐清那些關鍵階段是什麼，以及要怎麼為它們訂名，光憑這一點就很可能成為某種寶貴過程。等到你要把自己的概念與他人溝通的時候，在進入細節之前，先讓他們看到整個流程，將會對你產生莫大助益，因為這能夠讓他們抓出方向，讓他們更容易吸收與牢記資訊。

循環圖解

這是基本線性流程的變體之一，用以呈現更具有反覆特性的流程。我在最近某次討論出版流程的簡報中，加入了某個循環圖解；請注意，行銷的確是所有流程中的真正重點。

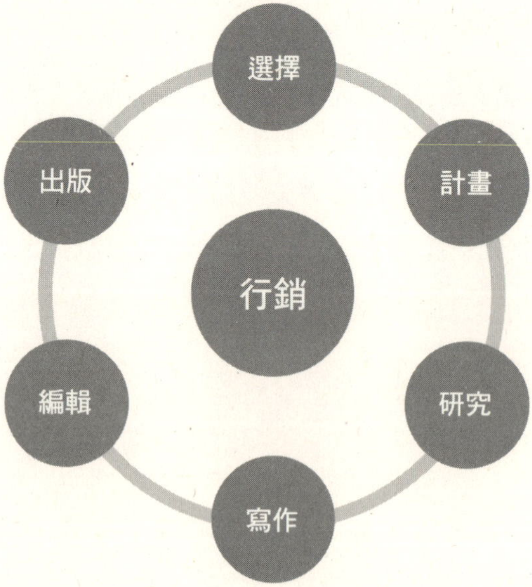

你可以利用各式各樣的方法，讓基本的循環圖更添趣味——包括了大循環裡面的小循環、循環序列、打破迴圈的起點與終點——只要是你覺得能夠最有效抓出自我概念的方法，都不成問題。

關係圖解

關係圖解是我們在這個段落要檢視的最後一個概念圖解。流程與循環圖解想要得到的是某種流程的連貫性，而關係圖解側重的卻是概念元素之間的關聯性。

當然，最有名的一個就是金字塔，馬斯洛的需求層級使用的就是關係圖解——有某個對它略顯不敬的網路新圖解，深獲我心。

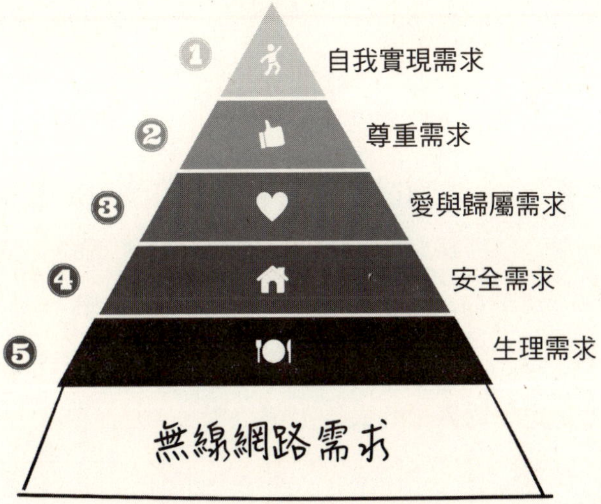

這個金字塔顯現的是從底部到頂端的某種漸進過程，只有等到下層安穩之後，才可能繼續前往上一層，它有助呈現依賴性，以及越來越強烈之複雜度或精緻度的概念。

另一個有用的經典圖解是**文氏圖**，同樣也相當適合做迷因，底下是我自己特別鍾愛的其中一個。

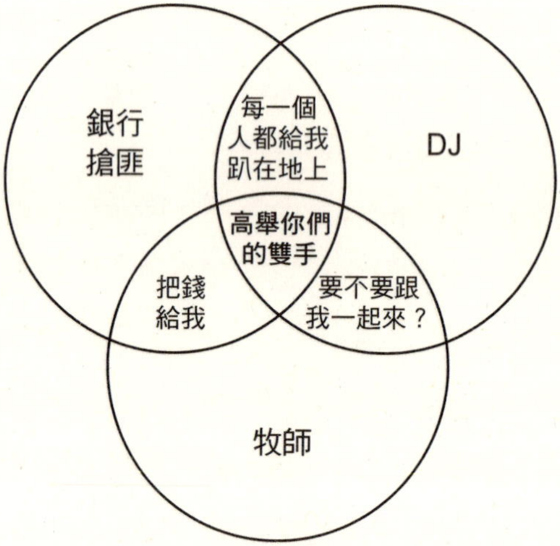

而當你在思索自己的行銷資訊，找出自己與眾不同之處的時候，這也是很好用的模型。我運用某個簡單的文氏圖幫助商管書作者決定自身著作的主題，以「我的經驗」、「我客戶的需求」、「未來」作為互相交疊的圓圈。而三個圓圈的交會中央點，正是商管書籍的最佳出擊位置。

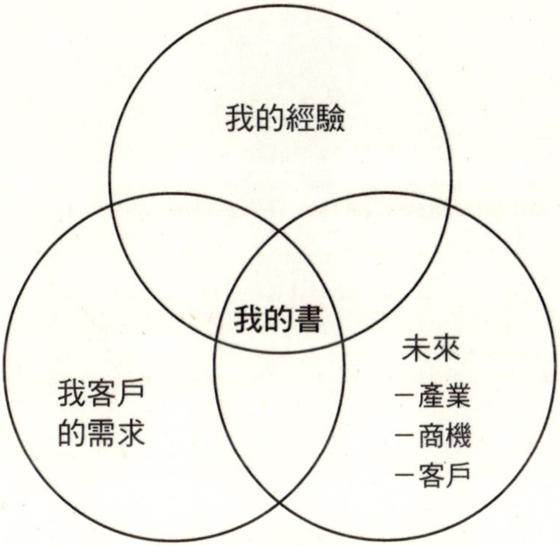

客製模型

雖說這些經典模型是很好的起點，但是即興展現、創造出截然不同的全新客製模型之可能性卻是永無止境。比方說，這裡有一個更確切的模型，由貝琪・霍爾在她的精采著作《進入心流的七種藝術：停止內耗，顯化富足人生》中所創生[②]。

你可以看得出來，這種模型展現出她「足夠」之藝術的關鍵元素，以及它們如何共同在匱乏的那一端（覺得不足）與過剩的那一端（覺得已經超過）之間創造出某種平衡感，這是從先前提到的類比當中培養而出的某種圖像組織之活潑示範，同時也成了令人難以忘懷的視覺化內容圖表。

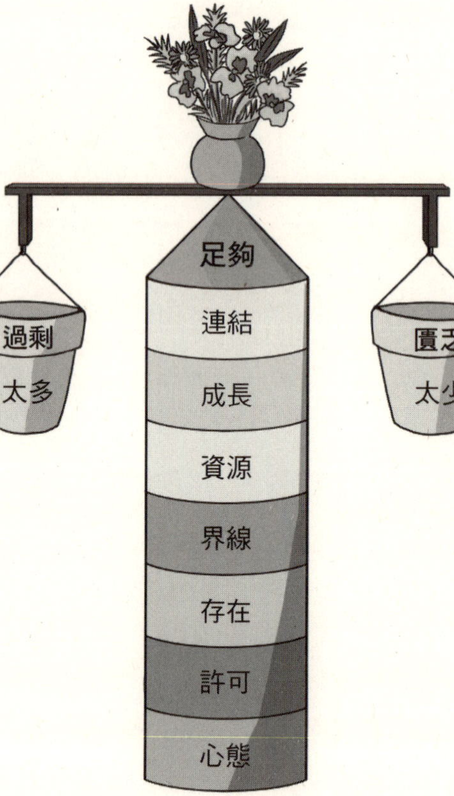

所以你為你自己研發的獨特視覺化模型可能會是什麼模樣？在你自行嘗試之前，我們先跑完整套過程。

還有，務必要記得，這是探索初期的醜陋小嬰兒的東西[③]：你在自己初始六分鐘衝刺時的下筆內容，你應該不太樂意與全世界分享。不過，你可能會想出一些有望成功、想要在將來進一步發展的創意，或者，至少是思考這項議題的全新方式（我們對探索式寫作過程的要求莫過於此）。

這並不容易，那幹嘛還要煞費苦心呢？就我看來，有兩大理由：

一、正如你已經發現的一樣，以視覺化的方式速寫概念的過程，讓你能夠利用不同的視角，以跳脫線性的方式、把它們寫出來。未必一定要更好，只需要不一樣就行了，而在探索階段，你可以儘量採取多樣化面向了解自己的內容，因為你嘗試的每一種全新角度都會讓你看到全新又有趣的事物。套用既存模式很有效，但是培養出你自己的模式，將會帶引你進入全新的清朗境界，而且，這也表示你不需要為了配合現存的模式而調整或壓縮自己的創意。

二、準備要把自己的想法向別人進行溝通的時候，以視覺化的方式展現你的意念，會比文字描述更令人無比震撼、效果更加強烈。要是你可以創造出某個可以進行複製並分享的獨特模型，讓別人使用與分享的時候必須經過你的同意，那麼你就在自己的領域培養出一套具有真正價值、獨一無二的智慧財產權內容。

（第二個原因很重要，但如果在這種初期階段太過強調這一個部分，很可能會讓你變得太過扭捏，這樣一來並沒有幫助。目前，只要專注當下，把它當成自我探索式寫作的好處就夠了：要是能夠出現可用的模型，當然更好。）

所以，要如何創造一個獨特的視覺化模型？我認為有四大階段，可以利用流程圖解（這是一定要的）精采呈現。

第一個階段是決定你想要創造模型的主題為何。希望在這個階段的時候，你已經可以從自己所做過的探索式練習當中汲取一些創意，這部分算是簡單。

現在，真正的工作要開始了：你必須要把自己模型需要囊括的所有元素、一股腦全部寫出來，比方說，流程、階段，或是概念。就跟人生中絕大多數的事物一樣，要套用愛因斯坦的原則：盡可能讓它變得單純，但並非簡化。

當然，你可以隨手寫在紙上，但我的建議是使用便利貼，因為等到你進入下一階段、找出它們之間關係的時候，移動這些基本元素就會容易多了。魔法在此出現，而且很可能是最耗時的階段。你必須要思索事物的次序，它們的互賴性以及相互影響。你也很可能會在這時候想出讓自己思維大躍進的創見，而且你幾乎相當確定會回訪這個第二步驟，隨意添加或重新命名各項元素。

等到你在這階段收尾，建立了粗略模型之後，就該拿來測試了，一開始是自己親身上場——合情合理嗎？你喜歡嗎？會不會讓你感到興奮？因為要是連你自己也提不起勁，那麼要說服他人一定會相當困難。

等到你產出讓自己心滿意足的東西，可以交給某些支持你，但是會對你提出建言的朋友進行嘗試：他們了解嗎？如果你必須鉅細靡遺解釋，那就表示還不夠完善，不過，要是你不讓那些對於你所知部分並不知情的其他人試試看，你當然會知道哪些部分行得通，哪些部分不可行。知識的詛咒千真萬確：我們沒有辦法像是初學者一樣看待我們自己的專業領域，因為我們不可能不知道自己已知的部分，所以我們必須找到能夠採取那種角度、替代我們進行檢視的人。

準備開始創造自己的概念圖示了嗎？關於這個部分，你想要使用計時器不成問題，不過，你可能會發現隨著心流行事會比較容易。等到你想清楚自己企圖闡釋的概念之後，直接一股腦把需要加入模型的元素、讓它們在紙面成形——或者，還是一樣，便利貼更好用。然後，仔細端詳——哪些是關鍵元素？有沒有哪些可以整合為一？它們是什麼類型的元素：流程、概念、角色、問題、狀況，抑或是其他

事物？

你現在多多少少有了一些定義清晰的元素準備要處理，所以，接下來的步驟就是要好好玩味該如何讓它們彼此扣合，完整的形體是線性、圓形、螺旋狀，還是金字塔或格網狀？是不是有元素的層級架構？或者是因應不同狀況的不同思路？有沒有什麼可以讓你即興展現的暗藏版隱喻？比方說水管或是花朵？接下來的步驟，就是要把這些元素搞在一起，看看會變出什麼花樣！

在這段過程告一段落的時候，想必你眼前一定根本不會出現已經完成的某個模型，不過，這是起點，我希望你會繼續重複下去，不斷精進，你終將準備就緒，大膽奔放勇敢嘗試。

要是你以前從來沒有以這種方式運用視覺化思維，那麼我希望你已經發現它的活力以及智慧。

圖像式呈現可以幫助我們更深入了解概念，而且會發現之前不曾注意到的關聯性。抱持自在心態、進行類似這樣的圖示實驗，你的探索式練習很可能會因此能量大爆發；光是將自我概念轉為視覺化呈現的這個簡單舉動，一定會豐富與拓展你的思維。

在探索式寫作當中自在運用圖像式思維，還有另一項好處，當你最後向他人溝通概念的時候，一張圖片的確是勝過千言萬語（我們會在下一章更仔細探討這一點）。當我提到發展類似這種獨一無二的智慧財產權模型足以讓企業轉型的時候，真的是一點都不誇張——比方說，要不是因為艾瑞克・萊斯提出了精采簡單的開發／評估／學習循環圖示[4]，他的《精實創業：用小實驗玩出大事業》也不可能會蔚為風潮。

要是你在思考的初期階段就開始醞釀創生模型，那麼你就擁有了很棒的起點，而好消息是，這些模型未必要搞得很複雜。

《甜甜圈經濟學：破除成長迷思的7個經濟新思考》的作者經濟學家凱特・拉沃斯（Kate Raworth），曾經與我分享了她簡單卻效果強大的「甜甜圈」塗鴉——圓環地帶象徵了人類的安全與公平正義空間，而它的外緣是某種永續性之「生態天花板」，至於內側則是人類福祉的「社會基底盤」——靠著將這些元素視覺化的方式，轉化了大家對於她關於稀缺與過剩之平衡的理解方式：

> 你大可以挑出這張圖裡的相同字詞，寫下健康、教育、食物、水、氣候變遷、生物多樣性之喪失。你可以直接把它們寫成兩份列表，然後大家聳肩說道，「是哦，我以前早就聽說過這些問題了。」不過，把它畫成一個圓圈，而且把這些議題標注在圓圈裡面，由畫面自己說話，大家會開始這麼說，「哦哦，我的

天吶，我本來就是這麼看待永續發展，我只是之前從來沒有看過這張圖。現在我可以進行討論，詢問我之前覺得無法提問的那些疑惑。」影像開啟了我們思維的力量，真的讓我嚇了一大跳[5]。

發育生物學家約翰・麥迪納表示，要是我們聽到了某項資訊，三天過後，我們只會記得百分之十而已，而要是相同的資訊配以說明式圖片，那麼殘存記憶的比例就會遽升為百分之六十五[6]。

承認大家都不想點破的那個棘手問題，是好事：我們在一開始的時候，拆解了紙張永遠只是舞台的概念，而且一直專注的是僅為我們自己寫作的力量。不過，寫作的本質是溝通，總有那麼一天，我們面對紙張舞台而且要向他人溝通我們概念的時候、必須要坦然自在。探索式寫作是否也可以在這個方面發揮效果？

我想你會喜歡接下來聽到的答案……

第 13 章

超越自我

我希望我雖然展現了自己對探索式寫作的熱情，但並沒有造成你留下錯誤印象，誤以為我覺得為他人寫作沒有任何價值。

因為那當然是講廢話，我為了寫這本書所花的時間與功夫，也證明了這一點。

其實，我深信為他人寫作是關鍵的商管技巧。在暢銷書排行榜被小說所主導的這個世界之中，我們很容易就忘了寫作一開始其實是某種商業工具。人類的最初書寫形式並不是史詩，而是早在約西元前五千年的時候、蘇美人商賈留下的紀錄：誠如丹尼爾・列維廷所指出的一樣，「所有的文學起源應該說都來自銷售憑證[①]。」

時值今日，寫作依然是商業活動的基礎。這是我們在組織內完成任務的溝通工具：我們向別人傳達我們是誰，我們在做什麼，以及為什麼這一點對我們的顧客來說至為重要；還有，這也是我們在網路上被挖掘以及被評量的方式。無論你是整理行銷文案的個人實業家，還是撰寫報告的經理，或是準備發表全公司策略簡報的資深領導人，更有效的寫作，得到成功的機會也就更高。而這就與生命中的所有事物一樣，練習一定會成為你的好幫手。

廣告之父大衛・奧格威，曾經在一九八二年寫了一份著名的備忘錄給他的員工，開場如下，「你的寫作能力越強，在奧美就可以爬得更高。善於思索的人，文筆一流[②]。」然後，他繼續強調優秀文筆就與其他技能一樣，需要靠後天學習與練習（這份備忘錄是給予商業寫手建議的偉大總結——其實，適用於**所有的**文字工作者——很值得一讀，尤其這篇文章更是為其主張之觀點做了完美至極的示範）。

好，那麼規律的探索式寫作能否幫助你在平常工作的時候，面對可能必須要撰寫的說明性文字呢？當然不成問題啊，方法如下：

開始著手

首先，探索式寫作可以幫助你克服面對空白紙頁的恐懼感。雖然我這麼說可能會被人指責是講廢話，但要是你想要寫出值得一讀的文字，真的需要開始動筆。不過，一想到有一大群性好批判的讀者等著要評斷你的文字，自然很容易被「紙張恐懼症」嚇得目瞪口呆。這也正是彼得．埃爾伯為什麼會強調這一點，「許多的寫作時間與精力，都浪費在非寫作面向：懷疑、擔憂、刪除錯誤、冒出第二第三與第四個念頭⋯⋯（自由寫作）幫助你學到只要埋頭做下去就對了，不要因為擔心這些字句是否漂亮或正確而裹足不前[3]。」

六分鐘的探索式寫作衝刺，沒有辦法給予你在TED或是股東年會的演講定稿。不過，它**將會**幫助你開始動筆，而且能夠提供你可以慢慢形塑、在日後成為可以出手的原始素材。

只要等到你可以安穩坐定，即便鉛筆在紙面揮灑的只是某個模糊概念甚或是心中的疑問，你再也不會因為遇到文字工作者的撞牆期而飽受其苦。

建立自信

我希望你已經發現了這一點——靠著慢慢證明你自己擁有意義建構、創意、解決問題，以及其他之種種的自我內建資源，探索式寫作通常會建立自信，大多數的人對於自我產生與表達想法的能力開始變得自信，通常反應都相當快速，就算不是立即如此，幾經掙扎之後也不成問題。不過，其實寫得越多，也會幫助你寫得越好。

這就與其他技巧一樣，操作越多次，就會變得越來越駕輕就熟。當你回頭閱讀自己寫作衝刺時的初始文字，你會開始注意到有哪些概念「行得通」，能夠實現的話語與圖像似乎從紙面躍然而出。而這種能夠為自己發聲的感覺越來越強烈，一定會讓你在為別人下筆的時候更添自信。對，你可能還是會想確認有Grammarly軟體幫你檢查所有格符號，不過，任何一種寫作的真正重要部分，在於你真正對讀者們所說出的話語之價值，以及讓眾人明瞭的方式。而探索式寫作在這兩種面向都可以為你帶來超強優勢。

產生更佳內容

從事探索式寫作的主因之一，就是它能夠讓你挖掘出值得分享的內容。

成為他人內容的被動接收者，膚淺簡單——這就是消費的概念，除了你自己之外，不會為任何人帶來好處。不過，當你花個幾分鐘的時間、進行一次探索式寫作衝刺，拆解爬梳自己的思緒，突破進入下一個階段之容易，一定會讓你大感驚奇，這就是讓我們之所以能夠成為思想領導者的重點：創意之概念。這種寫作流程，是我們讓思想前進的最可靠也最強大的方式之一。所以，與其坐在那裡盯著季報，想要以最新科技公司的聲明作為靈感，絞盡腦汁生出一份給股東的感人文字，還不如離線，先進行探索；然後再把你最有用的創見帶回去，努力雕琢，讓它們成為適合公諸於世的文字。

現在，讓我們研究一下這兩種特殊的探索式寫作技巧，特別適合哪些最終目的是要向別人進行良好溝通的寫作內容。

類比

在第九章當中，我們研究了要如何挖掘出藏在表面之下的那些意涵、讓隱喻發揮作用，同時刻意製造出新的隱喻、創生全新的創見。等到你找出效果特佳的隱喻，應該會想要在世界盡情發揮，幫助你向他人解釋內容，而這就是類比可以登場之處，探索式寫作也能夠在此發揮功能。

類比其實就是服用了類固醇的隱喻：它是一種更刻意的用法，擴展了對比性，抓出連結，在這樣的過程當中，以更完整的描述幫助別人了解重點。

所以，比方說，要是我說你正在「處理」你閱讀的這些資訊，我使用的是你可能幾乎無法察覺的某種隱喻：運用電腦語言談論你的大腦如何發揮功能。如果要把它轉為類比，我就會抓出更完整的意義，解釋的方式更加細膩，「就像是電腦透過它的界面接受輸入，以二元編碼的方式處理資訊，我們的大腦也會把感官資訊轉化為神經活動進行處理。」以熟悉的概念解釋某種新事物，可以幫助我們了解得更快——不過，要是我們以過於誇張的方式使用類比，很可能也會造成誤導（比方說，許多偽科學大量使用我們的「開關之關閉鍵」）。

身為商管文字工作者，我們通常關心的就只是要清楚敘明事實。而且，有時候這種做法完全符合了需求。但話說回來，有時候我們想要給讀者驚奇感，吸引他們，讓他們記得我們說了些什麼，幫助他們了解某些外行人難以了解的訊息，這種時候，我們就會投向類比的懷抱。

想要針對這一個部分進行自我探索，可以利用你在第九章練習中醞釀的某個隱喻，找出特別好用的類比，也許可以幫助別人更加了解主題。如果你真的想不出來，這裡有些可供一試的例子：

- 領導術就像是主辦晚宴，因為……
- 組織文化宛若氣候，因為……
- 創設公司很類似蓋房子，因為……

這樣的練習將會把你帶到探索式寫作的邊界——現在，是我第一次請你要想像有潛在的讀者。這很值得你花一點時間反思，它對於你處理這項任務造成了什麼改變？你要如何把探索式寫作的自由與能量轉化為對其他人有益的內容？今天在職場或是工作之中是否有機會進行類比實驗？

講出更精采的故事

我們在第二章已經發現敘事是人類大腦的某種不可抗拒之衝動。它也是關鍵的商業技巧，正好是因為我們的神經性偏好：創造感情連結之後，將會幫助我們切斷噪音，吸引讀者的全心關注，不過，乏味的事實卻只會造成右耳進左耳出。

不過，敘事是一門技藝，它就與所有的技藝一樣，都需要練習與技巧。定時寫作並不會讓你成為大師級小說家，但絕對可以幫助你鍛鍊出不可或缺的肌肉。本書中所提到的某些技巧，比方說在第六章提到的同理心，曾經要求你必須發揮想像力寫作，創造出能夠探索各種可能，以及體悟經驗的故事。截至目前為止，這些練習的主要目的是要幫助你以更有效率的方式進行思考，不過，也有一項次要好處——我們要在這裡探討的重點——練習之後的差異，將會造就你好好講故事的能力。

練習同理心，以及採取特定觀點，將能夠幫助你與自己的讀者產生連結，進而讓他們與你產生連結感的機率大增。

讓我們來一場寫作衝刺，目標是為了要達成更順暢的溝通、想辦法找出別人的特定觀點。挑選一個你需要以口才說服的人：可能是潛在買主或是客戶，你需要為他們寫出行銷文案；某位領袖或是可能的投資人，你想要向他們提出某一概念，或是某個對於你的假期計劃不是很贊同的夥伴……一切由你自由發揮。

設下六分鐘的時限，把相關狀況寫成**由對方角度為出發點**的故事。就他們看來，他們最在乎的是什麼？他們擔心什麼？就他們的角度看來，可能遇到的最糟糕狀況是什麼？潛在優勢又是什麼？他們需要從你這裡聽到什麼內容？運用敘事，與紙面上的那個人展開想像合作，等到你要在真實生活中與他們共事的時候，這一招將有助你與他們溝通得更加順暢。

好，最後，讓我們研究一下，把探索式寫作當成目的截然不同的手段——不是為了進行更好的商業溝通或建立更理想的關係，而是純粹為了寫作本身。

創意寫作運用

我第一次聽聞自由寫作的時候——這是探索式寫作工具箱裡最基本的技巧，我們曾經在第六章進行深入研究——是在茱莉亞．卡麥隆的《The Artist's Way》著作當中，她引介了「早晨之頁」作為她的創意基礎練習之一。

「早晨之頁」很簡單：準備三張影印紙（通常是A4尺寸），「嚴格意識流」手法，每天早上手寫，只給自己看而已。卡麥隆清楚闡釋了這種練習與我們所認知「寫作」之間的差異：

> （它們）本來就不是藝術，也根本不是寫作……動筆純粹就是手段之一而已。而紙張的意義呢，很簡單，就是個讓手寫發揮的地方，想到什麼就直接寫出來④。

當茱莉亞．卡麥隆一開始為自己發明這項練習的時候，她因為承受了劇本再次失敗的沮喪，待在墨西哥州閉關，想要好好振作一下。她意外發現，自己信手塗寫的東西，居然成了某部小說的起點，現在，她開始教導別人使用它，主要是把它作為破除障礙與解放創意的工具。

許多作家都經常使用這種技巧——未必是早晨的第一要務——他們把它當成了衝破作家撞牆期與自我懷疑的工具。要是你曾經參加過作家群組，你自己應該也已經嘗試過這種方式了。

不過，這種以創意為主、以寫作本身為目標的方式，並不只是小說家、詩人，以及編劇的專利而已，只要是需要透過寫作進行溝通的人，它都可以發揮作用。

彼得．埃爾伯，曾擔任安默斯特學院「寫作計畫」主持人，也是《Writing with Power》以及《Writing without Teachers》的作者，他是在絕望無比的狀況下為自己發現了這種技巧，當時的他因為背負著牛津大學獎學金學生的表現壓力，面臨了長期的作家撞牆期。

不過，他很快就發現自由寫作不僅能夠衝破作家的撞牆期，而且就長期來說，它的確能夠讓文筆變得更優秀，因為當你在「失控」狀態下冒出的字詞，通常會比你在精心雕琢時所選用的詞彙更具有能量與活力。

> 這不只是一種低空掠過的方式，在那樣的語言之中有真正的優點……有時候我看得出來作者們選用詞彙著力太深……技巧用得很滿，但是卻沒有行雲流水感，缺乏活力……當作家開始動筆，字詞就是會源源而出，那種語言與產生的思維具有某種魔力⑤。

對於編劇、小說家、學者，以及其他必須以寫作餬口的人來說，這的確是事實，而對於我們這些撰寫報告、備忘錄、甚至只是WhatsApp訊息的人來說，也同樣為真。探索式寫作不僅可以讓我們變得更有創意，克服面對空白紙頁的恐懼：也能夠讓我們以更具有活力、更清晰的方式表達自我概念。

這難道不是每一個人的願望嗎？

第 14 章

超越今日

當偉大的英國維多利亞時代探險家歸鄉的時候，探險的第二階段於焉展開：他們會在「皇家協會」發表談話，重述他們的冒險歷程，小心翼翼把種子轉交給邱園的「皇家植物園」進行繁殖與分析（他們也經常把其他民族的無價文化資產轉交給大英博物館，但那得花一整本新書探討這主題……）

換言之，他們並非只是直接出發探險、然後回到家鄉，對於自己挖掘的一切，就根本什麼也不管了。

而你會如何運用自己進行探索式寫作探險所發現的一切？

抓住你發現的事物

在第三章的基本工具箱之中，我曾經建議在進行探索式寫作的時候，筆記本是「值得擁有」的材料選項，它是一種以更美觀的方式、寫下深刻見解與行動的手段。

我最後決定不該把這個列為必要工具的一部分，不過，我強烈建議，當你在進行的時候，必須要找出某些方法、在你的微探險之中抓住你發現的事物。當你要把A4紙當中的狂亂文字挪移為比較長久紀錄的時候，必須要慎選內容。探險家可能會在竹林裡劈砍出九十九條路徑：只有一條會成為確實可靠通往河流的步道，而必須在地圖裡載明的就是它。

你可能會發現對你來說筆記本不是很適用，這就是我決定要把它標示為「選項」的其中一個原因。就我自己來說，從某次寫作衝刺當中抓出深刻見解，除了筆記本之外，我還有其他三個選項：專門記錄茅塞頓開時刻的自我部落格（其實是線上日誌）；為行動列出清單的Trello程式；還有一個獨立的Trello看板，主題是創生未來內容的各種概念（比方說，領英的文章或是播客的某一集內容）。

你抓出你自己寫作衝刺成果的方式，可能截然不同，完全要看你本來使用的記錄創意工具、還有你準備使用它們的用途。不過，在你開始之前，一定要先考慮這一點：以便利貼寫下留給自己的註記，絕對**不是**能夠恣意變動的彈性方案。

等到你找到了抓出自我深刻見解的方式之後，尤其是那些並非屬於簡單範圍的待辦行動事項，你要如何從現在開始，於生活與職場之中好好利用它們？我深信，當下的即興探索式寫作的力量，有機會展現它的百分百價值，只要等到它與反省練習的例常規律結合在一起，它提供了一種將寫作產生之創見、轉化為無盡重複之自我成長的模型。

反省練習

反省練習是根據大衛·A·庫柏著作而生的學術與專業工具，他建立了著名的實驗學習模型，

是一種蘊含了四個階段的循環過程：

一、**具體經驗**——出現了要求非常規回應、或是挑戰自我技能的狀況。

二、**反省觀察**——以探索式寫作觀點來看，這是對我們來說最有趣的部分。在這個階段可能會自問的典型問題包括了：哪些奏效？哪些失敗？為什麼會發生那種

事？為什麼我會做出那種舉動？為什麼其他人會那麼做？

三、**絕對概念化**——到了這個階段，你已經向前邁進，靠的是反省已經發生的狀況，思索未來可能會採取什麼樣的不同舉措：該如何改善自己的反應？什麼樣的資源與概念可能對你有助益？

四、**積極實驗**——對於日後要如何展現截然不同的作為，你吸收了全新體悟與觀念，然後，你付諸實行。當你把自己的概念轉化為具體經驗、省思結果的時候，又再次開啟了這個循環。

這是一個傑出理論，每一個企管碩士學生都很熟悉，不過，最後一次有人在職場與你討論它是什麼時候的事了？大多數的我們，在絕大多數的時候，我們都是從具體經驗直接跳到積極實驗，然後又彈回來。我還記得自己與某位苦惱的專案經理人的共事經驗，她幾乎快要哭了出來，因為她就是沒有辦法說服專案贊助人與領導團隊、在專案的每個階段結束的時候抽時間進行評估。這樣的反省被視為他們就是沒有時間負擔的奢侈，所以這項專案繼續在災難邊緣搖搖欲墜，而最後期限過了，繼續無限推遲下去。（她最後辭職，又有誰能怪她呢？）

我們的典型犯罪手法，可以利用道格拉斯．亞當斯的犀利觀察作為總結，「活著，就是會遇到讓你驚嚇的事。反正，你還是活得下去。」[①]。

當唐納·索恩把我們的日常工作環境描述為「沼澤低地」[②]的時候，明確點出了這個問題——當我們日復一日都窩在地面，很難看到偉大遠景，完全沒有任何充滿希望的標誌可以引導我們，當然也沒有路徑。根據他的結論，我們依靠的是兩種反省模式：

一、**行動中的反省**，靠著不斷嘗試錯誤，以陷在沼澤之中的雙腳完成任務。

二、**對行動的反省**，當我們退到高地、反省剛剛發生狀況的那個時候，這是反省練習的核心，而且這種狀況下的學習與發展的成效最佳。

有一個場域正在根深蒂固執行反省練習，就是學術界。如果你最近研讀過資料，一定知道反省自己的任務與專案，是自我學習體驗的核心部分。吉莉·波爾頓指出反省練習不只與增進表現有關，也是一種個人與社會責任：

> 反省練習可以發覺我們是誰，我們有哪些特質，我們為什麼會採取這種行動，還有我們要如何增強效率……這種尋求解方的過程，會把我們導向更多相關問題與更多的學習，導向躁動的不確定性：這正是所

有教育的基礎[③]。

抽出時間進行這種反省練習，未必容易，但效果一定很好。在二〇一四年，來自哈佛、巴黎，以及北卡羅萊納州的學者們，想要將這些好處予以量化。他們與一群正在受訓的客服人員共事，鼓勵其中一組在一日將盡的時候，花十五分鐘反省寫下今天過得如何，而另外一組花十五分鐘練習技巧。與僅做練習的那一組相比，反省組的績效提升了將近百分之二十五。研究人員的結論如下：「透過刻意嘗試敘明與整理先前累積經驗而得到的績效成果，優於僅靠累積額外經驗的表現[④]。」

聽到我的小孩說現在反省練習已經成了校園生活的關鍵部分之一，讓我相當開心——也許下一個世代的專業人士會把這種習性帶入未來職場，根據他們很可能得要面對的那種不確定與變化程度看來，他們的確很需要它。

很遺憾，應該是不會有人支持你在自己的生活與工作之中、培養反省練習的習慣——但沒關係：因為你具備了全新探索式寫作技巧，也就意味你現在就可以為自己做到這一點。

結論

好，把探索式寫作稱之為魔法，會不會太誇張了？就我個人看來，不會。能夠把隱形化為有形，將絕望狀況轉化為成長契機，而且把思維與感想的四散碎片化為可行整體方案的這種過程，難道還有其他的適合字詞嗎？

對我而言，探索式寫作最神奇的部分就是它代表的潛力。無論日子過得有多麼糟糕，無論我們遇到了多麼狼狽的失敗或是挫折，空白的紙頁象徵的是每當我們有需要、一定可以擁有的某個乾淨空間之中的全新起點。

本書的大多數內容，都是我在格萊斯頓圖書館所完成，這是以溫暖原木與冰冷石材為基、擁有美麗光線的空間，數千本書籍整齊排列，每當有人一進入閱覽室的時候，你可以看出對方發生了具體變化：停頓下來，深呼吸，放慢動作。這樣的空間，充滿美感與平和的地方，它的寧謐氛圍，營造出一種這是適合從事重要工作、專注，以及思考的地方。

很遺憾，並不是所有人都能夠在需要的時候進入那樣的空間。但空白的紙頁呢？這是永遠隨手可得的東西。我發現了我可以利用最破舊的空白紙頁，在我的心中營造成等同於那種美麗安靜的地方。至少有幾分鐘的時間，我可以集中精神，專注探索自我心理的廣大圖書館，不會有任何干擾，或者，如有需要的話，單純吐納也可以。

所以，要是你都已經看到這裡了，卻還沒有親身嘗試，現在就是時候，抓起紙筆，我會等候你。

準備好了嗎？花一點時間體會自己面前的這張紙，還有它所代表的意義。

沒有人在你的肩後偷看，這是你自己的空間。你現在需要做什麼，就放手去做吧，只要寫下來就對了。

無論你在這張紙上面發現了什麼，接納它。要關注為自己營造出那種空間的感覺是什麼，而且要經常回訪。過沒多久之後，你就會發現自己帶著那樣的空間——充滿賦能狀態、清朗、有趣、充滿創意——與你一起回到了世界，而它改變了一切。

提示清單

除了你已經在本書裡看到的各種練習之外，以下還提供了一些提示，當你在進行探索式寫作的時候，只要一點靈感，隨時可以派上用場。大部分的提示，都已經在「卓越商管書籍俱樂部」的虛擬營火群體寫作練習課當中實際測試，引導出有用的觀念與智慧，屢試不爽，還有的是由俱樂部其他成員、社群媒體裡的其他網友所提出的建議，我並沒有特別排序，所以你可以隨機挑一個，直接開動！

要記得，這些都只是冒險的起點，距離你真正的著陸地點可能還有十萬八千里之遠——這就是整個重點！——所以千萬不要擔心「回答」問題；只要看看它會帶引你到什麼地方就是了。

如果你有自己特別鍾愛的提示，一定要與我分享：alison@alisonjones.com。或者，可以在星期五晚上的虛擬營火時光提出來，不然就是分享在「卓越商管書籍俱樂部」的臉書社團！

- 我會怎麼對自己敘述這段故事情節？
- 看待這問題的其他方式？
- 我會怎麼對朋友說明這個情景？

- 這件事最有趣的部分是什麼？
- 今天的成功感覺是什麼？
- 要是今天我上某某的顧問課，他們會說什麼？
- 要是有記者要報導我的公司，我會以什麼作為重點？
- 要是我明天沒辦法上班，我的公司／職務會怎麼樣？
- 自從我寫下這個之後，我學到了什麼？（比方說，檢視自己個人網站的「關於我」頁面或是自傳。）
- 現在我內心之中最溫和的聲音是什麼？
- 有什麼是我會給予別人、但其實是我自己真正需要的建議？
- 今天有什麼令人振奮的事？
- 對我來說，引人注目的意義就是……
- 我在當下可以看到、聽到、觸摸、品嘗到什麼？（很棒的安頓練習。）
- 我竭盡全力，我……
- 這個禮拜我可以在哪些層次以進步取代完美？
- 給親愛的X歲的我……（寫一封信給年輕的自我，尤其是在需要幫助或歡慶的時候——你現在／之前最需要聽到什麼？）
- 誰可以幫忙處理這狀況？
- 我現在到底想要什麼？
- 我覺得我不知道這個答案的原因是……

- 我今天需要放手／拒絕的是什麼？
- 我今天能夠寫下的最真誠句子是什麼？
- 今天有什麼可以造成重大改變的一小步？
- 什麼樣的回憶對我來說沒有助益？我該如何重新建構它？
- 如果我是基於真心而非自傲下筆，我會說些什麼？
- 我的超強能力是……
- 對於這個計畫／會議／關係，我可以改變的是……
- 我今天的「改變關鍵」是……
- 要是我在這個禮拜有兩個小時的「英勇時段」（比方說，當你的「勇氣」指數暫時爆發十倍），我會做什麼？
- 到底是什麼無意識的假設／偏見害我無法看清全貌？
- 當我回顧這個禮拜的時候，我想說……
- 要是我能夠再來一次，我會……
- 現在，我覺得……
- 現在，真正有用的是……
- 這個禮拜，我已經再也沒有辦法做……
- 這是大家必須知道的事……
- 這樣的念頭／行動，是以什麼方式幫助／阻礙我轉變為我想要成為的那個人？
- 現在，我內心中最強大的部分要說的是……

- 這種狀況下，誰的觀點最寶貴？
- 要是我今天可以在自己的工作／生活／人際關係之中、只專注一件事，那就會是……
- 我為什麼是適合這項任務的人選？[①]
- 今天我只要讓狀況發生百分之一的改變，該怎麼做？
- 我在這裡的最大優勢是什麼？（後續追問：我有百分百充分利用嗎？）
- 今天最讓我感恩的是什麼？
- 我現在可慶祝什麼？
- 我以前會這麼想……現在我是這麼覺得……[②]

現在呢？

現在你已經看到了這本書的尾聲，不過，這卻正是你自己探索式寫作冒險的起點，我希望這將成為你一輩子的旅程。

我很想要知道你這一路上有什麼新發現，請寫信發送電郵到 alison@alisonjones.com，讓我知道你的探索帶你進入了什麼境地。

如果你想要預約演講或是研討會、向你的組織介紹探索式寫作的力量，也可以利用這個電郵。

白紙正在等你，你今天打算要寫些什麼呢？

註釋與參考來源

簡介

① 要參考更多內容，請觀看我的TEDx talk演講，「讓我們重新思考寫作」（Let's Rethink Writing），https://youtu.be/59sjUm0EAcM

第1章

① 播客「卓越商管書籍俱樂部」，第二百四十五集，（http://extraordinarybusinessbooks.com/episode-245-sorting-the-spaghetti-with-dave-coplin/）

② 播客「卓越商管書籍俱樂部」，第三百一十八集，（http://extraordinarybusinessbooks.com/episode-318-the-power-of-regret-with-daniel-h-pink/）

③ 播客「卓越商管書籍俱樂部」，第三百〇八集，（http://extraordinarybusinessbooks.com/episode-302-writing-it-all-down-with-cathy-rentzenbrink/）

④ 播客「卓越商管書籍俱樂部」，第十一集，（http://extraordinarybusinessbooks.com/ebbc-episode-11-the-space-within-with-michael-neill/）

第2章

① 尼爾森・可恩（Nelson Cowan），「The magical mystery four: How is working memory capacity limited, and why?」，《Current Directions in Psychological Science》雙月份期刊二〇一〇年第十九卷第一期，第五十一頁到第五十一七頁。https://doi.org/10.1177/0963721409359277

② 哈拉瑞，《人類大歷史：從野獸到扮演上帝》（Vintage出版社，二〇一五年），第一百五十頁。

③ 卡爾・紐波特，《Deep Work深度工作力：淺薄時代，個人成功的關鍵能力》，（Piatkus出版社，二〇一六年）

④ 史帝夫・彼得斯，《黑猩猩悖論》，（Ebury出版社，二〇一二年）
⑤ 安琪拉・達克沃斯，《恆毅力：人生成功的究極能力》（Vermilion出版社，二〇一七年），第一百八十九頁。
⑥ 哥倫比亞商學院，決策科學中心，「Want to know what your brain does when it hears a question?」，（www8.gsb.columbia.edu/decisionsciences/newsn/5051/want-to-know-what-your-brain-does-when-it-hears-a-question），（存取日期二〇二二年一月二十三日）
⑦ 此一術語出於心理學家安東尼奧・達馬西奧，而且已經廣泛運用到其他領域。請參考達馬西奧之「Investigating the biology of consciousness」，《Philosophical Transactions of the Royal Society》，一九九八年第三百五十三卷（第一千三百七十七期），一八七九到一八八二年。
⑧ 高登・B・鮑爾與麥可・C・克拉克，「Narrative stories as mediators for serial learning」，《Psychonomic Science》，一九六九年第十四期，第一百八十一頁到第一百八十二頁。
⑨ 擷取自大衛・福斯特・華萊士在肯尼恩學院二〇〇五年畢業典禮演講，（https://fs.blog/david-foster-wallace-this-is-water/），（存取日期二〇二二年八月十日）
⑩ 麥可・尼爾，《Living and Loving from the Inside-Out》，（www.michaelneill.org/pdfs/Living_and_Loving_From_the_Inside_Out.pdf），（存取日期二〇二二年八月十日）

第3章

① 葛瑞絲・馬歇爾（Grace Marshall），《The surprising truth, beauty and opportunity hidden in life's sh*ttier moments》，（Practical Inspiration Publishing出版社，二〇二一年），第五十二頁。
② 卡蘿・杜維克，（Carol Dweck），《Mindset: The new psychology of success》，（Ballantine Books出版社，二〇〇七年）
③ 艾德加・施恩（Edgar Schein），《Humble Inquiry: The gentle art of asking instead of telling》（Berrett-Koehler Publishers出版社，二〇一三年）

④ 埃內斯特・沙克爾頓爵士，《South: The last Antarctic expedition of Shackleton and the Endurance》，（沙克爾頓個人記述版本，Lyones Press出版社，一九九八年），第七十七頁。
⑤ 引自托爾・波曼－拉森（Tor Bomann-Larson）所著《Roald Amundsen》，（The History Press出版社，二〇一一年），第九十九頁。
⑥ 吉莉・波爾頓（Gillie Bolton）與羅素・迪爾德費爾德（Russell Delderfield），《Reflective Practice: Writing and professional development》，第五版，（Sage出版社，二〇一八年）
⑦ B・J・佛格（B. J. Fogg），《Tiny Habits: The small changes that change everything》，（Virgin Books出版社，二〇二〇年）
⑧ 詹姆斯・克利爾，《原子習慣：細微改變帶來巨大成就的實證法則》，（藍燈商管出版社，二〇一八年）

第4章

① 引述自亞莉安・寇恩（Arianne Cohen），「How to quit your job in the great post-pandemic resignation boom」，彭博新聞網站，二〇二一年五月十日，檔案網頁取自（https://archive.ph/qJC76），（存取日期二〇二二年七月五日）
② 吉姆・哈爾特（Jim Harter），「U.S. employee engagement holds steady in fi rst half of 2021」，蓋洛普網站，二〇二一年七月二十九日，（https://archive.ph/guoOV），（存取日期二〇二二年七月五日）
③ 比方說，英國政府二〇二一年數據：安全衛生執行署「Work-related stress, anxiety or depression statistics in Great Britain, 2021」之中的內容，二〇二一年十二月十六日，（www.hse.gov.uk/statistics/causdis/stress.pdf），（存取日期二〇二二年八月十日）
④ 約翰・郝金斯（John Howkins），《Invisible Work: The future of the offi ce is in your head》，第一百三十一頁。
⑤ 同上，第一百三十九頁。
⑥ 蓋瑞・克雷恩，「Performing a project premortem」，《哈佛商業評

論》，二〇〇七年九月號，（https://hbr.org/2007/09/performing-a-project-premortem），（存取日期二〇二二年八月十日）

⑦「The thriving at work: The Stevenson/Farmer review of mental health and employers'」，二〇一七年，（https://assets.publishing.service.gov.uk/government/uploads/system/uploads/attachment_data/file/658145/thriving-at-work-stevenson-farmer-review.pdf），（存取日期二〇二二年八月十日）

⑧「Mental health facts and statistics」，二〇一七年，（https://web.archive.org/web/20220508130219），（https://www.mind.org.uk/media-a/2958/statistics-facts-2017.pdf），（存取日期二〇二二年八月十日）

第5章

① 例子可參考克雷格・R・赫爾（Craig R. Hall），戴安・E・馬克（Diane E. Mack）、艾倫・派維歐（Allan Paivio），以及海瑟・A・郝森博拉斯（Heather A. Hausenblas,），「Imagery use by athletes: Development of theSport Imagery Questionnaire」，《International Journal of Sport Psychology》，一九九八年第二十九卷第一期，第七十三到第八十九頁。

② 播客「卓越商管書籍俱樂部」，第二百八十七集，（http://extraordinarybusinessbooks.com/episode-287-writing-and-happiness-with-megan-hayes/）

③ Dscout公司網站，「Putting a finger on our phone obsession」，（https://web.archive.org/web/20220507125042/https://dscout.com/people-nerds/mobile-touches），（存取日期二〇二二年八月十日）

④ 史蒂薇・史密斯（Stevie Smith），「Thoughts about the Person from Porlock」，《Selected Poems》，（企鵝出版社當代經典出版社，二〇〇二年），第兩百三十二頁。

第6章

① 播客「卓越商管書籍俱樂部」，第三百一十二集，（http://extraordinarybusinessbooks.com/episode-312-free-writing-with-peter-elbow/）

② 卡爾·E·威克（Karl E. Weick）《Sensemaking in Organizations》（Sage出版社，一九九五年），第一百二十八頁。

③ 柯林斯英語詞典，「同理心」之定義，（www.collinsdictionary.com/dictionary/english/empathy），（存取日期二〇二二年八月十九日）

④ 查爾斯·杜席格（Charles Duhigg），「What Google learned from its quest to build the perfect team」，《紐約時報》二〇一六年二月二十八日，（www.nytimes.com/2016/02/28/magazine/what-google-learned-from-its-quest-to-build-the-perfect-team.html），（存取日期二〇二二年七月七日）

⑤ 馬可·奧里略之《沉思錄》，引自保羅·羅賓森（Paul Robinson），《Military Honour and the Conduct of War: From Ancient Greece to Iraq》，（Taylor & Francis出版社，二〇〇六年），第三十八頁。

⑥ 約翰·格林里夫·惠蒂埃（John Greenleaf Whittier），詩作〈莫迪·穆勒〉（*Maud Muller*），一八五六年。

第7章

① 里昂·內法可（Leon Neyfakh），「Are we asking the right questions」，《波士頓環球報》，「IDEAS」版面，二〇一二年五月二十日，（www.bostonglobe.com/ideas/2012/05/19/just-ask/k9PATXFdpL6ZmkreSiRYGP/story.html），（存取日期二〇二二年八月三日）

② 請參考她的TED演講：「What do babies think?」，（www.ted.com/talks/alison_gopnik_what_do_babies_think），（存取日期二〇二二年八月十日）

③ 華倫·伯格，《大哉問時代：未來最需要的人才，得會問問題，而不是準備答案》，（Bloomsbury出版社，二〇一六年），第二十四頁。

④ 海倫・塔柏與莎拉・艾莉絲，《衝吧！突破薪水天花板：熱門職涯導師教你順利升遷、待遇升級的自我進化指南》（Penguin Business出版社，二〇二二年），第十一頁。

⑤ 推特帳號TonyRobbins，二〇一七年六月二十七日，（https://web.archive.org/web/20220810175946/https://twitter.com/TonyRobbins/status/879796310857048064?s=20&t=F05rZAiYz0VzUE3lYgNWwA），（存取日期二〇一七年七月七日）。

⑥ 播客「卓越商管書籍俱樂部」，第二百八十七集，（http://extraordinarybusinessbooks.com/episode-287-writing-and-happiness-with-megan-hayes/）

⑦ 華特・惠特曼，〈自我之歌〉，第五十一節，《草葉集》（一八五五年）

⑧ J・K・羅琳，《哈利波特：阿茲卡班的逃犯》，（Bloomsbury Children's Books出版社，二〇一四年，初版一九九九年），第四百三十八頁。

⑨ 當我體悟到塔拉・莫赫爾的「內心導師視覺化」的時候，自己對這一點感同身受，各位可以在她的《Playing Big》一書中看到更多內容。

⑩ 赫爾・葛雷傑爾森（Hal Gregersen），〈Better brainstorming〉，《哈佛商業評論》二〇一八年三與四月份，（https://hbr.org/2018/03/better-brainstorming），（存取日期二〇二二年八月十日）

⑪ 艾德加・施恩（Edgar Schein），《Humble Inquiry: The gentle art of asking instead of telling》（Berrett-Koehler Publishers出版社，二〇一三年）是一個很好的起點。他定義「請教」是「把某人找出來、詢問你尚不知答案的問題、基於對別人的好奇心以及興趣而建立關係的一門藝術」（第三頁）。

第8章

① 肯・羅賓遜爵士（Sir Ken Robinson），「Do schools kill creativity?」二〇〇六年，TED演講，（www.ted.com/talks/sir_ken_robinson_do_schools_kill_creativity?language=en），（存取日期二〇二二年八月十日）

第9章

① 保羅·第博多（Paul Thibodeau）與雷拉·博羅迪斯基（Lera Boroditsky），「Metaphors we think with: The role of metaphor in reasoning」，《PLoS ONE》，二〇一一年第六卷第二期，e16782，（https://doi.org/10.1371/journal.pone.0016782），（存取日期二〇二二年八月十日）

② 與「The Polymath Perspective」的對話，二〇一四年，（http://polymathperspective.com/?p=3107），（存取日期二〇二二年八月十日），伊諾與他人創辦了「傾斜策略」（Oblique Strategies），這是以隨機抽取方式、激發藝術家創意的一套紙牌，與強迫式隱喻有異曲同工之妙。

第10章

① 克林頓·艾斯庫，「The Chimp Paradox – Prof. Steve Peters」，《Citywide Financial Partners》，二〇二〇年九月十五日，（www.citywidefinancial.co.uk/the-chimp-paradox-prof-steve-peters/），（存取日期二〇二二年八月十日）

② 愛麗絲·雪登，《說話全能養成指南：【首創結合心理治療！非暴力溝通NVC新世代進化版】運用「需求理解法」，達成完美溝通4項全能技巧，創造每個人都舒服的關係》（Practical Inspiration Publishing出版社，二〇二一年）

③ 愛麗絲·雪登，《說話全能養成指南：【首創結合心理治療！非暴力溝通NVC新世代進化版】運用「需求理解法」，達成完美溝通4項全能技巧，創造每個人都舒服的關係》（Practical Inspiration Publishing出版社，二〇二一年），第六十八頁。

④ 播客「卓越商管書籍俱樂部」，第三百一十八集，（http://extraordinarybusinessbooks.com/episode-318-the-power-of-regret-with-daniel-h-pink/）

⑤ 伊莉莎白·吉兒伯特，「On creating beyond fear」，《The Isolation Journals》，二〇二〇年十一月十九日，（www.theisolationjournals.com/blog/no-4-on-creating-beyond-fear），（存取日期二〇二二年八月十日）

第11章

① 瑞秋・道奇（Rachel Dodge）、安妮特・戴利（Annette Daly）、珍・休頓（Jan Huyton）、拉樂吉・桑德斯（Lalage Sanders）、〈The challenge of defi ning wellbeing〉，《International Journal of Wellbeing》第兩百三十頁。

② 米哈里・契克森米哈伊，《心流：高手都在研究的最優體驗心理學》，（Rider出版社，二〇〇二年，初版一九九三年）

③ 莎拉・米爾恩・羅威（Sara Milne Rowe），《The SHED Method: The new mind management technique for achieving confi dence, calm and success》，（Michael Joseph出版社，二〇一八年）

④ 哈利・菲蘭（Hayley Phelan），「What's all this about journaling?」，《紐約時報》二〇一八年十月二十五日，（www.nytimes.com/2018/10/25/style/journaling-benefi ts.html），（存取日期二〇二二年八月十日）

⑤ 詹姆斯・W・潘尼貝克（James W Pennebaker）與珊卓拉・K・畢爾（Sandra K Beall），「Confronting a traumatic event: Toward an understanding of inhibition and disease」，《Journal of Abnormal Psychology》，一九八六年第九十五卷第三期，第二百七十四頁至第二百八十一頁。

⑥ 茱莉亞・卡麥隆，《寫得快樂比寫得好更重要！拯救你的靈感，釋放你的心房，寫就對了！》，（Profile Books出版社，二〇二〇年）第八十四頁。

⑦ 布魯斯・戴斯利（Bruce Daisley），《Fortitude: Unlocking the secrets of inner strength》，（Cornerstone Press出版社，二〇二二年），第十四頁。

⑧「The playful advantage: How playfulness enhances coping with stress」，《Leisure Sciences》，二〇一三年，第一百二十九頁到第一百四十四頁。

⑨ 卡爾・E・威克（Karl E. Weick）《Sensemaking in Organizations》

（Sage出版社，一九九五年），第一百九十七頁。
⑩ 羅伯・波西格，《禪與摩托車維修的藝術》，（Vintage Classics出版社，一九九一年），第二百六十七頁。
⑪ 彼得・埃爾伯（Peter Elbow），《Writing with Power: Techniques for mastering the writing process》，（牛津大學出版社，一九九八年），第十六頁。
⑫ 法蘭西斯柯・達雷西歐（Francesco D'Alessio），「The science behind journaling: How the brain reacts」，《Therechat》網站，二〇一八年十二月二十八日（https://blog.therachat.io/science-of-journaling/），（存取日期二〇二二年八月十日）
⑬《詩篇》，六篇第二節到第三節，《新國際版聖經》。
⑭《詩篇》，一百二十一篇第一節到第二節，《新國際版聖經》。
⑮ 舉例來說，在二〇〇九的某項研究顯示「隨著日常性靈體驗與樂觀逐漸增強，可明顯改善憂鬱與焦慮」，彼得・A・波倫斯（Peter A. Boelens）、羅伊・R・列維斯（Roy R. Reeves）、威廉・H・雷普洛格勒、（William H. Replogle）、哈洛德・G・寇尼格（Harold G. Koenig），「A randomized trial of the effect of prayer on depression and anxiety」，《International Journal of Psychiatry in Medicine》，二〇〇九年第三十九卷第四期，第三百七十七頁至第三百九十二頁，第三百七十七頁。

第12章

① 奧黛麗・L・H・馮・德・米爾（Audrey L. H. van der Meer）與F・R・（Ruud）・馮・德・惠爾（F. R. (Ruud).van der Weel），「Only three fingers write, but the whole brain works: A high-density EEG study showing advantages of drawing over typing for learning」，《Frontiers in Psychology》，二〇一七年第八卷，第七百〇六期，他們做出的結論是「與敲打鍵盤相比，手繪可以啟發大腦更廣大的網絡」。
② 貝琪・霍爾（Becky Hall），《進入心流的七種藝術：停止內耗，顯化

富足人生》(Practical Inspiration Publishing出版社，二〇二一年)
③ 這是皮克斯創辦人艾德·卡特莫爾對於在最早期階段之創意的看法，在這種時候，很難看出它們的全部潛能，而且很容易招致批評。請參考艾德·卡特莫爾，《創意電力公司：我如何打造皮克斯動畫》，(Transworld出版社，二〇二一年)
④ 艾瑞克·萊斯，《精實創業：用小實驗玩出大事業》，(Portfolio Penguin出版社，二〇一一年)
⑤ 播客「卓越商管書籍俱樂部」，第九十八集，(http://extraordinarybusinessbooks.com/episode-98-doughnut-economics-with-kate-raworth/)
⑥ 約翰·麥迪納，「Brain rule rundown」，(http://brainrules.net/vision/)，(存取日期二〇二二年八月十日)

第13章

① 丹尼爾·列維廷，《過載：洞察大腦決策的運作，重整過度負荷的心智和人生》，(企鵝出版社，二〇一五年)，第十三頁。
② 引述自馬克·佛勞恩費德爾(Mark Frauenfelder)，(David Ogilvy's 1982 memo "How to Write")，二〇一五年四月二十三日，https://boingboing.net/網站，(https://boingboing.net/2015/04/23/david-ogilvys-1982-memo.html)，(存取日期二〇二二年一月二十三日)
③ 彼得·埃爾伯(Peter Elbow)，《Writing with Power: Techniques for mastering the writing process》，二版，(牛津大學出版社，一九九八年)，第十四頁。
④ 茱莉亞·卡麥隆(Julia Cameron)，《The Artist's Way: A course in discovering and recovering your creative self》，(Profie Books出版社，二〇二〇年)，第十頁。
⑤ 播客「卓越商管書籍俱樂部」，第三百一十二集，(http://extraordinarybusinessbooks.com/episode-312-free-writing-with-peter-elbow/)

第14章

① 道格拉斯・亞當斯（Douglas Adams），《Mostly Harmless》，（Pan Macmillant出版社，二〇〇九年，初版一九九二年），第一百三十八頁。

② 唐納・索恩，《Educating the Reflective Practitioner: Toward a new design for teaching and learning in the professions》（Jossey-Bass出版社，一九八七年），第四十二頁。

③ 吉莉・波爾頓（Gillie Bolton）與羅素・迪爾德費爾德（Russell Delderfield），《Reflective Practice: Writingand professional development》，第五版，（Sage出版社，二〇一八年），第十四頁。

④ 吉爾達・迪・史蒂芬諾（Giada Di Stefano）、法蘭西斯卡・吉諾（Francesca Gino）、蓋瑞・P・皮薩諾（Gary P. Pisano）、布拉德利・史塔茲（Bradley Staats），「Making experience count: The role of reflection in individual learning」，《Harvard Business School Working Paper》，第十四卷九十三期，二〇一四年三月。

提示列表

① 這是愛麗莎・巴爾肯（Alisa Barcan）所稱的「自問自答成長法」範例之一：不要只是重複對自己表述肯定，而是要把它轉化為問題，讓你的大腦自行找到答案，比方說，「我是撰寫本書的適當人選嗎？」而不是講出「我是撰寫本書的適當人選」。太棒了！直覺式詮釋！

② 哈佛教育學院「零計劃」的「可見思維專案」部分內容之延伸。

參考書目

吉莉・波爾頓（Gillie Bolton）與羅素・迪爾德費爾德（Russell Delderfield），《Reflective Practice: Writingand professional development》，第五版，（Sage出版社，二〇一八年）

茱莉亞・卡麥隆（Julia Cameron），《The Artist's Way: A course in discovering and recovering your creative self》，（Tarcher出版社，一九九二年，新版Profie Books出版社，二〇二〇年）

茱莉亞・卡麥隆，《寫得快樂比寫得好更重要！拯救你的靈感，釋放你的心房，寫就對了！》（Hay House出版社，一九九八年）

詹姆斯・克利爾，《原子習慣：細微改變帶來巨大成就的實證法則》，（藍燈商管出版社，二〇一八年）

米哈里・契克森米哈伊，《心流：高手都在研究的最優體驗心理學》，（Rider出版社，二〇〇二年）

布魯斯・戴斯利（Bruce Daisley），《Fortitude: Unlocking the secrets of inner strength》，（Cornerstone Press出版社，二〇二二年）

吉爾達・迪・史蒂芬諾（Giada Di Stefano）、法蘭西斯卡・吉諾（Francesca Gino）、蓋瑞・P・皮薩諾（Gary P. Pisano）、布拉德利・史塔茲（Bradley Staats），「Making experience count: The role of reflection in individual learning」，《Harvard Business School Working Paper》，第十四卷九十三期，二〇一四年三月。

瑞秋・道奇（Rachel Dodge）、安妮特・戴利（Annette Daly）、珍・休頓（Jan Huyton）、拉樂吉・桑德斯（Lalage Sanders）、〈The challenge of defining wellbeing〉，《International Journal of Wellbeing》第二卷第

三期，二〇一二年，第二百二十二頁到第二百三十五頁。

卡蘿・杜維克，（Carol S. Dweck），《Mindset: Changing the way you think to fulfi l your potential》，（初版二〇一二年，六版，Robinson出版社，二〇一七年）

彼得・埃爾伯（Peter Elbow），《Writing with Power: Techniques for mastering the writing process》，二版，（牛津大學出版社，一九九八年）

彼得・埃爾伯，《Writing without Teachers》，二十五週年紀念版，（牛津大學出版社，一九九八年）

B・J・佛格（B. J. Fogg），《Tiny Habits: The small changes that change everything》，（Virgin Books出版社，二〇二〇年）

茱莉亞・蓋勒芙，《零盲點思維：8個洞察習慣，幫你自動跨越偏見，提升判斷能力》，（Piatkus出版社，二〇二一年）

伊莉莎白・吉兒伯特，《人生需要來場小革命：別懷疑！勇敢踏出第一步，創造生命中的奇蹟時刻》，（Bloomsbury出版社，二〇一六年）

史蒂芬・吉利根（Stephen Gilligan）與羅伯特・迪爾茲（Robert Dilts），《The Hero's Journey: A voyage of self- discovery》，（Crown House Publishing出版社，二〇〇九年）

亞當・格蘭特，《逆思維：華頓商學院最具影響力的教授，突破人生盲點的全局思考》，（W. H. Allen出版社，二〇二一年）

貝琪・霍爾，《進入心流的七種藝術：停止內耗，顯化富足人生》（Practical Inspiration Publishing出版社，二〇二一年）

哈拉瑞，《人類大歷史：從野獸到扮演上帝》（Harvill Secker出版社，二〇一四年）

費斯・G・哈波（Faith G. Harper），《Unf*ck Your Brain: Using science to get over anxiety, depression, anger, freak-outs, and triggers》，（Microcosm Publishing出版社，二〇一七年）

卡拉・霍蘭德（Cara Holland），《Draw a Better Business: The essential visual thinking toolkit to help your small business work better》，（Practical Inspiration Publishing出版社，二〇一八年）

安妮・強恩澤爾（Anne Janzer），《The Writer's Process: Getting your brain in gear》（Cuesta Park Consulting出版社，二〇一六年）

康納曼，《快思慢想》，（企鵝出版社，二〇一二年）

丹尼爾・列維廷，《過載：洞察大腦決策的運作，重整過度負荷的心智和人生》，（企鵝出版社，二〇一五年）

大衛・A・庫柏（David A. Kolb），《Experiential Learning: Experience as the source of learning and development》（Prentice Hall出版社，一九八四年）

莎拉・米爾恩・羅威（Sara Milne Rowe），《The SHED Method: The new mind management technique for achieving confi dence, calm and success》（Michael Joseph出版社，二〇一八年）

塔拉・莫赫爾（Tara Mohr），《Playing Big: For women who want to speak up, stand out and lead》（Hutchinson出版社，二〇一四年）

卡爾・紐波特，《Deep Work深度工作力：淺薄時代，個人成功的關鍵能力》，（Piatkus出版社，二〇一六年）

詹姆斯・W・潘尼貝克（James W Pennebaker）與珊卓拉・K・畢爾（Sandra K Beall），「Confronting a traumatic event: Toward an understanding of inhibition and disease」，《Journal of Abnormal Psychology》，一九八六年第九十五卷第三期，第二百七十四頁至第二百八十一頁。

詹姆斯·W·潘尼貝克與喬許·M·史密斯（Joshua M. Smyth），《Opening Up by Writing It Down: How expressive writing improves health and eases emotional pain》，（Guilford出版社，二〇一六年）

史帝夫·彼得斯，《黑猩猩悖論》，（Ebury出版社，二〇一二年）

史帝夫·彼得斯，《A Path Th rough the Jungle: Psychological health and wellbeing programme to develop robustness and resilience》，（Mindfield Media出版社，二〇二一年）

羅伯·波西格，《禪與摩托車維修的藝術》，（Vintage Classics出版社，一九九一年）

伊拉·普洛葛夫（Ira Progoff），《At a Journal Workshop: Writing to access the power of the unconscious and evoke creative ability》修訂版，（Inner Workbooks系列，TarcherPerigee 出版社，一九九二年）

丹·羅姆（Dan Roam），《Back of the Napkin: Solving problems and selling ideas with pictures》（Portfolio出版社，二〇〇八年）

艾德加·施恩（Edgar Schein），《Humble Inquiry: The gentle art of asking instead of telling》（Berrett-Koehler Publishers出版社，二〇一三年）

唐納·索恩，《Educating the Reflective Practitioner: Toward a new design for teaching and learning in the professions》（Jossey-Bass出版社，一九八七年）

唐納·索恩《反映的實踐者：專業工作者如何在行動中思考》，（Ashgate出版社，一九九一年）

愛麗絲·雪登，《說話全能養成指南：【首創結合心理治療！非暴力溝通NVC新世代進化版】運用「需求理解法」，達成完美溝通4項全能技巧，創造每個人都舒服的關係》（Practical Inspiration Publishing出版社，二〇二一年）

海倫・塔柏與莎拉・艾莉絲，《衝吧！突破薪水天花板：熱門職涯導師教你順利升遷、待遇升級的自我進化指南》（Penguin Business出版社，二〇二二年）

凱特・拉沃斯，《甜甜圈經濟學：破除成長迷思的7個經濟新思考》（Chelsea Green Publishing Company出版社，二〇一七年）

薩爾曼・魯西迪，《Imaginary Homelands: Essays and criticism 1981–1991》（Granta出版社，一九九一年）

卡爾・E・威克（Karl E. Weick）《Sensemaking in Organizations》（Sage出版社，一九九五年）

致謝

有數百人的智慧與鼓勵造就了這本書，對於各位我銘感在心。不過，由於我從來不讓實踐靈感出版社的其他作者寫出十頁的致謝內容，我應該也不能縱容自己做出這種事。所以，這是一份不夠完善、不夠足備的名單，但總比什麼都沒有來得好。

首先要感謝實踐靈感出版社的團隊，還有我們的設計與製作夥伴新世代出版社，當我來不及趕上截稿之後的那一個截稿日的時候，感謝他們的耐心與幽默感（特別感謝雪兒施展魔法，硬是從滿滿的行程之中幫我擠出專屬的寫作時間）。與這些人一起共事，真的是日常奇蹟。

感謝超級策劃編輯艾麗森・葛瑞，幫助我抓出了讓我百思不得其解多時的全書結構，還要感謝審稿編輯凱特・芬尼根，讓最後的初稿得以成形，也要感謝瑪麗・艾拉的可愛「頁面」插畫。

這本書其實是「寫作動腦」課程外部測試版的初次成果，所以要大力感謝挺身一試並且給予回饋的各位：安妮・亞契、凱瑟琳・比夏普、琳恩・布魯姆里、喬伊・博恩佛德、艾莉森・寇沃德、琳達・杜夫、菲利奇提・迪威爾、吉爾・艾利尤特、克里斯塔・鮑威爾・愛德華茲、蘇珊・海赫、貝奇・赫爾、蓋瑞・霍賽、尼基・胡迪、哈尼・藍斯道恩、克雷格・麥克沃伊、葛雷絲・馬歇爾、蘇珊・尼・克里歐丹、克萊兒・潘特爾、阿克西爾・帕提爾、克里斯・拉德佛特、露西・萊恩、貝絲・史塔爾伍德、班恩・威爾斯，以及喬治・沃可里，還要特別感謝海倫・丹恩、席拉・品迪爾，以及愛麗絲・雪登等人的專業智慧與一開始的溫暖鼓勵，讓我相信這個構想有可能會成功。

也要感謝多年來在虛擬營火前與我相識相伴的播客「卓越商管書籍俱樂部」所有成員，感謝他們的開闊心胸與慷慨大度、智慧與廣博知識，最重要的是他們一直是星期五下午的美好夥伴。

我要特別感謝我的十二週女戰士小組的厲害成員——貝可・伊文斯、莉茲・古斯特爾、葛瑞絲・馬歇爾、凱西・瑞森布克、蘿拉・薩摩爾斯——感謝她們了不起的真知灼見、支持，以及挑戰。特別謝謝貝可提供了她對於架構的看法，而且還介紹我格萊斯頓圖書館，我幾乎所有寫作內容（當然也是最精采的珠璣）都在那裡完成。

感謝所有為附錄建議補充提示的諸位：艾莉莎・巴爾坎、瓊恩・巴特列特、凱瑟琳・比夏普、布萊恩・卡凡納、莉莎・愛德華茲、克里斯塔・鮑威爾・愛德華茲、蓋瑞・霍賽、馬丁・克洛普斯托克、安妮塔・亞黛里安・庫茲馬、黛博・馬席克、凱蒂・穆瑞、羅伊・紐威、喬・理查德森、露西・萊恩、娜歐蜜・林恩・蕭、翠西亞・史密斯、安東妮亞・泰勒，以及黎安娜・札克里斯。

最後，感謝播客「卓越商管書籍俱樂部」的所有來賓，如此慷慨助我探索寫作，還要感謝所有的聽眾，以及讀者，因為寫作的起點也許是探索，但是它並不會在這裡畫下句點——畢竟，一切環環相扣。

關於作者

具有文學碩士與企管碩士學位的艾莉森・瓊斯，自一九九二年以來，就一直在出版業衝鋒陷陣，從一開始在錢伯斯・哈拉普與牛津大學出版社擔任編輯，後來又成為麥克米蘭出版社的創意策略部總監，最後在二〇一四年成立了實踐靈感出版社。

時值今日，她幫助商界領袖撰寫與出版獨樹一格的商管與自我發展書籍，大力支持商界的閱讀與書寫價值。

她是播客「卓越商管書籍俱樂部」的主持人，商管書大獎評審，也是暢銷書《Clever ways to plan and write a book that works harder for your business》（二〇一八年），以及其他各式各樣相關主題文章的作者。她的TEDx talk演講「讓我們重新思考寫作」在YouTube有八萬以上的瀏覽量，而且經常以運用探索式寫作取得更佳工作績效為題，發表演講以及參與各大組織的研討會。

她熱愛跑步、閱讀、寫作，而且也是這三項活動的積極倡導者，能量的主要來源是信仰、茶，以及花生醬。

想要知道更多訊息，請造訪www.alisonjones.com網站。

探索式寫作/艾莉森.瓊斯作；吳宗璘譯. -- 初版. --
臺北市 ： 春天出版國際文化有限公司, 2025.04
面 ； 公分. -- (Progress ； 38)
譯自：Exploratory Writing : Everyday magic for life and work
ISBN 978-626-7637-39-5(平裝)

1.CST: 寫作法

811.1 114001058

探索式寫作

Exploratory Writing: Everyday magic for life and work

Progress 38

作　　者◎艾莉森・瓊斯
譯　　者◎吳宗璘
總 編 輯◎莊宜勳
主　　編◎鍾靈
出 版 者◎春天出版國際文化有限公司
地　　址◎台北市大安區忠孝東路4段303號4樓之1
電　　話◎02-7733-4070
傳　　真◎02-7733-4069
E－mail◎frank.spring@msa.hinet.net
網　　址◎http://www.bookspring.com.tw
部 落 格◎http://blog.pixnet.net/bookspring
郵政帳號◎19705538
戶　　名◎春天出版國際文化有限公司
法律顧問◎蕭顯忠律師事務所
出版日期◎二〇二五年四月初版
定　　價◎350元

總 經 銷◎楨德圖書事業有限公司
地　　址◎新北市新店區中興路2段196號8樓
電　　話◎02-8919-3186
傳　　真◎02-8914-5524
香港總代理◎一代匯集
地　　址◎九龍旺角塘尾道64號 龍駒企業大廈10 B&D室
電　　話◎852-2783-8102
傳　　真◎852-2396-0050

ISBN 978-626-7637-39-5
Printed in Taiwan